目次

プロローグ 5
第一部 メヌエット 11
第二部 スローダンサー 130
エピローグ 296

プロローグ

平成二一年八月二〇日（木曜日）

小早川冬彦《こばやかわふゆひこ》の自宅は日野《ひの》にある。

日野から荻窪《おぎくぼ》まで快速に乗り、荻窪で丸《まる》ノ内《うち》線に乗り換えて、杉並《すぎなみ》中央署の最寄り駅である南阿佐ケ谷《みなみあさがや》で降りる。電車では本も新聞も読まず、音楽も聴かない。乗客の表情や仕草を観察して、その日の体調や気分を推し量るのが密かな楽しみなのだ。

この朝、冬彦は、ある女性の顔から目を離すことができなかった。吊革《つりかわ》にぶら下がっている若い女性で、たまに同じ車両に乗り合わせる。地味な服装や髪型から金融機関に勤務しているのではないか、と推測している。今まで口を利いたことは一度もない。

いくつかの特徴から、その女性が過度のストレスにさらされていることが冬彦にはわかる。数日前に見かけたときと比べると、顔の左右のバランスが大きく崩れている。ストレスが精神を蝕《むしば》んでいるだけでなく、肉体にまで悪影響を及ぼしているせいだ。髪の毛を引っ張ったり、爪で頭皮を掻《か》いたり、足を小刻みに動かしているのは、少しでもストレスを発散させようという無意識の行動である。

気になって仕方がないので荻窪駅に着いても冬彦は降りなかった。その女性が中野《なかの》駅で

降りると冬彦も後を追い、とうとう我慢できずに階段の近くで、

「あの～、すいません」

と声をかけた。

「え？」

「突然ですけど、どうか驚かないで下さい。あなた、何かに悩んでますよね？　並大抵の悩みじゃないだろうと思います。ものすごく苦しんでいる」

「は？」

「ぼくは怪しい者じゃありません。これでも警察官ですから」

「おまわりさん？」

「杉並中央署・生活安全課の小早川といいます。これを……」

冬彦は相手の手に名刺を押しつける。

「誰にも相談できずに苦しむことってあると思うし、一人で悩んでいると、どうしていいかわからなくなって自暴自棄《じぼうじき》になることもあります。そういうとき、人間は発作的に早まった決断を下しやすいんですよ。もし、あなたが、もうイヤだ、どうでもいい、何もかも面倒臭い……そんな投げやりな気持ちになったら、ぼくに電話してくれませんか。通勤途中に見知らぬ男から、こんなことを言われて面食らうのはわかるんですが……」

「……」

その女性は、何か恐ろしいものにでも遭遇《そうぐう》したように顔を凍りつかせると階段を駆け下りていく。

「やっぱり、そうなるか……」

八月二三日（土曜日）

この日、冬彦は渋谷《しぶや》で妹の千里《ちさと》と待ち合わせた。相談したいことがあるので会ってほしい、と千里に頼まれたのだ。

千里は九歳下の妹で、都内の私立高校の二年生だ。

冬彦が中学三年生のときに両親が離婚し、冬彦は母の喜代江《きよえ》に、千里は父の賢治《けんじ》に引き取られた。その後、賢治は再婚し、千里には腹違いの弟妹がいる。

「で、話って何？」

カフェで向かい合うと、冬彦が切り出す。

その問いかけに千里は、

「家を出たいの」

と答える。

賢治と再婚相手の奈津子《なつこ》が不仲で、遠からず離婚するのではないか、と千里は危惧《きぐ》している。離婚ということになれば、奈津子は自分が産んだ二人の子を連れて家を出るだろう。千里は賢治とは暮らしたくないという。

「ねえ、お兄ちゃん、わたしと一緒に暮らしてくれない？　わたしには生活力がないから、お兄ちゃんに頼ることになっちゃうんだけど……。でも、大学生になったら、ちゃんとバイトもするし、あまり迷惑をかけないようにするから」

「すぐにでも離婚しそうな雰囲気なのか？」

「いつそうなってもおかしくないくらい険悪な雰囲気であることは確かね」

「しかしなあ……」

「待って！　今すぐにこの場で断ったりしないで。せめて、時間をかけて考えてほしい。だって……だって、お兄ちゃんに断られたら、わたし、どこにも行くところがないよ。自分の居場所がなくなっちゃうもん」

賢治と喜代江が離婚した直接の原因は冬彦だ。冬彦の不登校を巡って意見が食い違い、夫婦仲が急激に悪化したのである。離婚調停が長引いたのは、どちらが千里を引き取るかで揉めたからだ。冬彦を溺愛《できあい》する喜代江は二人暮らしを望み、賢治は仕事が忙しすぎて子育てなどできないと主張した。そういう事情は千里も知っている。

「わたしって、いらない子なのかなあ」

千里の目に涙が溢《あふ》れる。

「千里……」

元はと言えば、冬彦の不登校が離婚の引き金になったことを思えば、千里の苦しみを生み出した責任の一端は自分にもある、と冬彦は自覚している。

千里が救いの手を求めているのであれば、手を差し伸べてやりたいのが本音だが、そう簡単にいかない事情もある。冬彦は今でも日野の実家で、喜代江と二人で暮らしているのだ。二人で住むには広すぎる家で部屋も空いているから、千里が引っ越してくればよさそうなものだが、喜代江との同居を千里は望まないだろうし、それは喜代江も同じであろう。賢治との離婚がきっかけで喜代江は精神を病《や》み、いくらか回復しているとはいえ、完全に治癒したとは言えない状態だ。とても千里を迎え入れることなどできない、と冬彦は考える。

ならば、どうすればいいのか……冬彦にも答えを出すことができない難問だ。

九月四日（金曜日）

荻窪駅で降り、丸ノ内線に乗り換えようとして冬彦が歩いていると、

「すいません」

と肩を叩かれる。振り返ると、

「あなた……」

半月ほど前、ひどいストレスに苦しんでいる様子が気になって名刺を押しつけた女性で

ある。

「ありがとうございました」

「何のことですか？」

「名刺をいただいていたので電話しようかと思ったんですが、直接、お礼を言いたくて……」

その女性は上田明美《うえだあけみ》と名乗った。

冬彦が声をかけたときは、勤務先のパワーハラスメントに悩み、もう死にたいと思い詰めていたのだという。

しかし、冬彦に出会ったことで気が変わり、証券会社を辞めた。しばらく休んでから次の仕事を探すつもりだったが、思いがけず知り合いの会社に誘われ、今ではそこに勤めているのだという。

「小早川さんのおかげです。命の恩人です。本当にありがとうございました」

上田明美は両手で冬彦の右手を包み込むと、深々と頭を下げる。冬彦は真っ赤になる。

しかし、悪い気はしなかった。

第一部　メヌエット

一

十二月六日（日曜日）

千里は腹を立てている。

冬彦に悩みを打ち明けて相談したのは八月下旬である。家を出て、冬彦と一緒に暮らしたいと訴えたのだ。

その後、冬彦から具体的な提案は何もない。

高校二年にもなれば、千里とて自分の頼みが簡単でないことくらいはわかる。冬彦が困惑する気持ちも理解できないではない。

だから、今すぐに家を出たいなどと言うつもりはない。まだ両親が離婚したわけではないし、別居もしていない。継母の奈津子も家にいるし、八歳の賢太《けんた》と六歳の奈緒《なお》は何も知らずに以前と変わりなく生活している。

表面的には平穏な暮らしに見えるが、目に見えないところで確実に亀裂が走っており、夫婦仲はすでに破綻している。両親の諍《いさか》いが隠しようもなくなって表に出て来るのは時間の問題だ。それが半年先なのか一年先なのか千里にはわからないが、そうなったとき、行き場を失って途方に暮れるのは嫌なのだ。

それ故、

「そのときは、おれに任せろ。おまえの面倒はおれが見る」

と、冬彦が言ってくれれば、千里も安心できる。

ところが、冬彦は、

「とにかく、しっかり勉強するのが大切だよ。成績を上げることだけ考えればいいんだ」

と言うばかりだ。偏差値の高い大学に進み、優秀な成績を収めれば、大学を出てからの選択肢が多くなる、というのが理由だった。

「お兄ちゃんのように警察官になれとでも言いたいの？」

「そういう選択も可能になるね。多くの選択肢の中から好きな仕事を選べるのは、いいことだよ」

「わたし、自分の将来について相談したわけじゃないんだけどな。お父さんたちが離婚したら、どうすればいいのかっていう話なのよ」

「高校生活は、あと一年と少しで終わる。その後は大学生だ。高校生のうちは、いろいろ不自由なことも多いだろうけど、大学生になれば、ずっと自由になれる。親の離婚であたふたすることもなくなる」

「その一年と少しが問題なんだよ。わたし、どうすればいいの？　お兄ちゃんも知らん顔？」

「知らん顔はしてない。真剣に考えてるよ」

「で、結論は？」

「まだ出ていない」

冬彦には冬彦の事情があるだろうが、千里にも事情がある。不安を抱えたままでは勉強にも身が入らない。できれば冬休みに入る前に何らかの結論を出してほしいというのが千里の願いだ。

明確な根拠があるわけではないが、何となく、年明けには奈津子が賢太と奈緒を連れて家を出るような気がするのである。

そろそろ何らかの結論を出してもらわなくてはと思い立ち、昨日から何度も冬彦の携帯に電話したが、まったく繋《つな》がらなかった。今朝になって、ようやく話ができたが、

「重要な事件の捜査があって休日出勤しなければならないんだよ。悪いけど会えない」

「いつなら会えるわけ？」

「そう言われても困る。こっちの都合に合わせて事件が起こるわけじゃないから」

「妹のことより事件が大切なの？」

「それは比較が間違っている。まったく次元が違う話じゃないか」

電話で話しても埒《らち》が明かないので、千里は杉並中央署に押しかけることにした。いくら忙しいといっても少しくらい話す時間はあるはずだ。

「何でも相談室」を覗《のぞ》くと、事務員の三浦靖子《みうらやすこ》が机に頬杖《ほおづえ》をついて居眠りしている。いびきをかき、半開きの口から涎《よだれ》を垂《た》らしている。

「あの〜」

遠慮がちに声をかけるが、靖子は目を覚まさない。机に近寄り、

「すいません！」

怒鳴《どな》るような大声を出すと、それに驚いたのか、掌《てのひら》から顎《あご》が滑《すべ》り落ち、机で顔を打ってしまう。

「あ……大丈夫ですか？」

「ん？」

靖子がぼんやりした表情で顔を上げる。

「鼻血……」

「あら」

たらりと鼻血が滴《したた》り落ちる。鼻を強く打ってしまったらしい。手早くティッシュを丸めて鼻の穴に押し込むと、

「申し訳ないんですけど、日曜は相談を受け付けてないんですよ」

「わたし、小早川千里です」

「どこかで見た顔だと思った。ドラえもん君の妹か。ドラミちゃん」

「兄が休日出勤すると聞いたものですから」

「休日出勤？　そんな申請は出てないわねえ」

「え？　来てないんですか」

「いや、たぶん、来たと思うよ。彼は、大抵、土日もここで仕事してるみたいだから。でも、いちいち申請なんかしないみたいよ。彼女もいなくて暇なんだろうね。仕事が生き甲《が》斐《い》って感じだもん」

「どこに行ったかわかりますか？」

「わからない。電話してみれば？」

「留守電になっていて繋がらないんです。ここに戻ってきますか？」

「ドラえもん君のすることは予想がつかないからねえ。でも、戻ってくる可能性はあると思うよ。仕事が大好きなんだから」

「三浦さんもですか？　日曜日なのに」

「あら、わたしの名前を知ってるの？」

「そこに……」

机の片隅にネームプレートが転がっている。

「わたしは仕事なんか好きじゃないんだけど、うちにいられない事情があってね。話せば長いんだけど、うちにマルっていう子猫がいるのよ。その子猫には亀山《かめやま》っていうストーカーがいて、休みになると朝っぱらから押しかけてくるわけ……」

靖子はマルちゃんを引き取ることになった経緯と共に現況を語る。休みの日に亀山係長がマルちゃんに会いに来ることを許可したものの、あくまでも冬彦と二人一緒にという条件を付けた。

しかし、なし崩しに条件が踏みにじられ、早朝から亀山係長が一人で押しかけてくるようになった、と憤《いきどお》る。迷惑ならば部屋に入れなければよさそうなものだが、そうすると、道路からベランダの窓をいつまでも淋しげに見つめている。あたかも変質者が覗き見しているかのようで、マンションの管理人が警察に通報したこともある。

やむなく部屋に入れると、靖子の存在など忘れたかのようにマルちゃんと二人だけの世界に浸《ひた》る。その姿が薄気味悪く、同じ部屋にいるのが嫌で、他に行くところもないので「何でも相談室」で仕事をしているのだという。

「わたしもここにいていいですか？　他に行くところもないし……」

「こんなところにいても退屈なだけよ。ドラえもん君が現れたら電話してあげる。もっとも、わたしも夕方には帰るけどね。それまでに連絡がなかったら諦めた方がいいわよ」

靖子は千里の携帯番号を控《ひか》えると、梅里《うめざと》中央公園で何か催《もよお》し物をしているらしいから行ってみたら、と勧めてくれた。

梅里中央公園は杉並中央署から五百メートルほど東に行ったところにある。散歩がてら出かけるにはちょうどいい距離だ。靖子の勧めに従って行くことにした。

千里が公園に着いたときには催し物は終わっていた。近隣の自治会が主催する行事が行われていたのだ。催し物に期待していたわけではなく、時間が潰《つぶ》せればいいと思っていただけなので、別にがっかりもしなかった。

緑が多く、池もあり、のんびり散策するにはいい公園だ。広場では子供たちが走り回っている。

ざっと公園を回って、千里は木陰にあるベンチに腰を下ろす。公園に来る途中、コンビニで買ったペットボトルのお茶を飲む。一二月の初めだというのに、陽気がいいので、あまり寒さを感じない。それどころか、ずっと歩いていたせいか、額にうっすら汗をかいている。携帯をチェックするが靖子からの着信はない。冬彦に電話してみるが、相変わらず留守電になったままだ。

「いったい、どこで何をしてるわけ？」

口を尖《とが》らせると、千里は携帯をしまう。ベンチに坐《すわ》って、ぼんやり休憩する。公園内にはあちらこちらにベンチが置かれ、千里のようにくつろいでいる人も多い。

二〇メートルほど離れたところにあるベンチに坐って文庫本を読んでいる老女に視線が留まり、なぜか気になり始める。

それには理由がある。

ひとつには、その老女の姿勢のよさである。

背筋をぴんと伸ばし、揃《そろ》えた両足をわずかに斜めに傾《かたむ》けている。うつむき加減に顎を引き、小首を傾《かし》げている。ただ文庫本を読んでいるだけなのに、思わず見とれてしまうほど優雅で上品な姿勢に見える。

年齢は六〇代半ばというところ。美しい銀髪で、身に着けているものは地味だがセンスがいい。

またひとつには、その老女の面影が、千里が幼い頃に亡くなった父方の祖母に似ていることである。

ずっと見つめるのも失礼だと思い、時折、ちらりちらりと視線を投げる。

（わたしも本を持ってくればよかったな）

あまり読書は好きではないが、こういう場所では携帯をいじるより本を読む方が絵になりそうな気がする。肩の力を抜いてベンチに坐っていると目蓋《まぶた》が重くなってきて、知らぬ間に千里はうたた寝をしてしまう。

ハッと気が付いて顔を上げる。時計を見ると、せいぜい、一〇分くらいしか経っていない。老女のベンチに顔を向けると、もう誰もいない。どうやら帰ってしまったらしい。

（あれ？）

ベンチの下に何か落ちているのが見える。

腰を上げ、そのベンチに歩み寄る。

「文庫本じゃないの」

拾い上げる。水色のカバーがかかっている。泥がついているので手で払う。文庫本を開いてみる。

岩波文庫

モーパッサン短篇選

高山鉄男《たかやまてつお》編訳

「モーパッサン……」

どこかで聞いたような気もするがよくわからない。少なくとも読んだことはない。栞《しおり》が挟んである。そのページを開くと、金色のクローバーをかたどったきれいな栞が出て来る。「メヌエット」という表題が目に入った。

ぼくは大がかりな不幸を目にしても、たいして悲しいという気がしないね、と言ったのは、しごく冷静な男で通っている独身者の老人、ジャン・ブリデルである……

ベンチに腰を下ろし、千里はその物語を読み始める。

二

一二月七日（月曜日）

「ほら、どっちが行くのよ。早く決めて！」

三浦靖子が苛立《いらだ》った声を出す。

朝一で「何でも相談室」に住民からの苦情が寄せられた。杉並中央署に設置されている「何でも相談室」は、役に立たない連中ばかり集まっているので0係と呼ばれている。近所に犬を四匹飼っているうちがあり、毎日、朝と夕方に四匹を散歩させているが、相談者の家の前に必ずフンをさせていく。悪意に満ちた嫌がらせとしか思えない。場合によっては法的手段に訴える覚悟だから、それを相手側に伝えていただきたい。ついでに、今朝、自宅前に残していったフンを片付けてもらいたい……そんな内容である。

「おまえらが行けよ」

という万年巡査長で冬彦の相棒の寺田高虎の言葉に、

「一万円札の投げ込み事件も猫にペンキを塗る事件も片付いて、お互いに抱えている事件はないわけですから、どっちのペアが行ってもいいわけでしょう。面倒な事件を何でも目下に押しつけるのは、ずるいじゃないですか」

と、モデル体型で格闘術が趣味の安智理沙子《あんちりさこ》巡査部長が嚙《か》みついた。

「ふんっ、それが警察社会ってもんだ」

高虎が鼻で笑う。

「ジャンケンで決めたら、どうですか?」

樋村勇作《ひむらゆうさく》巡査が提案する。色白のデブで昇進試験の勉強のためにひまそうなこの部署を志望した。

「おいおい、そういうことを言える立場か?」

高虎がじろりと睨《にら》むと樋村が首をすくめて黙り込む。昨日、冬彦たちは休日出勤し、歌舞伎町《かぶきちょう》で頻発していた、オカマばかりを狙う連続強盗傷害事件の犯人を捕まえた。なぜ、管轄外の事件に首を突っ込んだかといえば、それには、人に言えない樋村の趣味が深く関係している。昨日の今日なので、樋村としては強いことを言える立場ではない。

電話が鳴る。靖子が素早く取る。

相手の話を聞くと電話を切り、

「受付に相談者だってさ。『何でも相談室』を直に訪ねてくる人は珍しいね」

「ジャンケンにしますか、それとも、あみだくじがいいですか?」

理沙子が訊く。

「あ~、それはダメだね。相談者はドラえもん君を指名だから」

「マジですか?」

「残念ながら」

靖子が肩をすくめる。

「諦めて、あんたらが行くしかないね。犬たちのフンを始末しに、さ」

「指名なら仕方ないか。おい、行くぞ」

理沙子が樋村に声をかけて立ち上がる。見るからに不機嫌そうな様子である。

「オッケーです」

樋村は素直に従う。迂闊《うかつ》なことを口にすると理沙子の怒りの矛先《ほこさき》が自分に向けられると
わかっているのだ。二人が部屋を出て行くと、

「ぼくたちも仕事をしましょうか」

「仕事って、何を?」

「相談者の話を聞くに決まってるじゃないですか」

「え、おれもですか？　警部殿を指名したのに」

高虎が嫌な顔をする。

「ぼくたちはコンビですからね」

冬彦がにこっと笑う。


四階の廊下には一番から三番まで三つの相談室が並んでいる。どれも広さが四畳で、テーブルと椅子《いす》が置かれているだけの殺風景な小部屋だ。

高虎と冬彦が一番相談室に入る。

すでに相談者が待っている。二人の女性だ。相談者と向かい合って冬彦と高虎が椅子に坐る。

「あれ？　あなたは……」

冬彦が驚いたように言う。女性の一人に見覚えがあったのだ。

「その節は、お世話になりました」

「上田さんですよね？」

「はい、上田明美です」

八月下旬、朝の通勤電車でたまに見かける明美が強いストレスにさらされていることを冬彦は察知した。発作的に早まった行動をしないようにアドバイスし、いつでも連絡してくれていいから、と名刺を差し出した。九月の初め、今度は駅で冬彦が明美に呼び止められた。冬彦のアドバイスのおかげで助かった、命の恩人です、と明美は頭を下げた。

それから三ヶ月経っている。

「その後、いかがですか？」

冬彦が訊く。

しかし、返事を聞くまでもなく、明美の顔を見れば、今は充実した生活を送っていることを容易に察することができる。肌に張りがあり、生き生きした表情をしているからだ。むしろ、気になるのは明美の隣に坐っている女性である。大きなストレスを抱え、何かに悩んでいるのは一目瞭然だ。目に生気がない。

「おかげさまで今はやり甲斐のある仕事をしています。小早川さんのおかげです」

明美が頭を下げる。

「何か相談があるそうですが？」

「自分のことではなく、友達のことなんです。わたしは小金井《こがねい》に住んでいますが、この子は杉並区民だから相談に乗ってもらえるんじゃないかと思って……」

連れてきた女性は倉木香苗《くらきかなえ》といい、明美とは高校時代から友達で、大学も同じだった。大学では学部が違ったこともあり、高校生のときほど親密な付き合いではなくなったが、それでもたまにお茶を飲んだり食事したりする関係は続いていた。

今春、二人は大学を卒業し、明美は証券会社に就職した。香苗は就職しなかった。保険会社に内定していたが、ある事件をきっかけに自宅に引き籠《こ》もるようになり、内定を辞退したのだという。

「ある事件？」

メモを取っていた冬彦が顔を上げる。

「香苗の親友が自殺したんです」

明美が言うと、香苗が首を振りながら明美の袖を引く。

「あ……ごめん。ちょうど一年前、香苗の親友が亡くなりました。自殺したということになっていますが、香苗は、それを信じてないんです」

「信じていないというのは……つまり、自殺ではなく、他殺だと思っておられるということですか？」

冬彦が訊く。

「そういうことだよね？」

明美が訊くと、

「うん」

と、香苗が小さくうなずく。

「相談というのは、その方が自殺ではなく他殺だということを明らかにしてほしい……そういうことですか？」

それまで黙っていた高虎が口を開く。

「香苗は高橋《たかはし》君が死んだのは自分のせいじゃないかと悩んでるんです。もう一年も……」

「せっかく相談に来ていただいたんですが、どうも、そういう内容だと、うちではなく刑事課に相談した方がよさそうですね。よかったら刑事課の人間を紹介して……」

「いやいや、待って下さい。もう少し話を聞かせてもらいましょう」

冬彦が高虎の言葉を遮《さえぎ》る。

「しかしねえ……」

「いいじゃないですか。最後まで話を聞いた上で、どうすればいいか決めればいいんですよ。話の腰を折ってすいませんでした。続けて下さい」

冬彦が明美を促す。

「はい。でも、わたしが高橋君と親しかったわけではないので、ここからは香苗が話す方がいいと思います」

明美は香苗に顔を向けると、

「ここまで来たんだから、きちんと話した方がいいよ。小早川さんは頼りになる人だから真剣に話を聞いて下さるよ。自分一人で悩んでいても何も解決しないでしょう？」

「そのつもりなんだけど、どこから話せばいいのか……」

香苗が戸惑《とまど》った表情を浮かべる。

「思いつくままに、どこから話してくれても大丈夫です。後から話の内容を整理しますから」

香苗の目を見つめながら冬彦が優しく言うと、香苗も安心したのか、

「高橋が死んだなんて今でも信じられないんです。しかも、自殺だなんて……。自殺だとしたら、わたしのせいじゃないのかって、ずっと考えてしまって……。でも、考えれば考えるほどわからなくなるし、他のことなんか何も考えられないし、人に会うのも嫌だから大学にも行きたくないし、まして就職なんてできる状態じゃありませんでした。両親には申し訳ない気持ちですけど、自分でもどうしようもないんです。夜もあまり眠れないし、食欲もないし、何をする気力も起こらないし、気が付くと溜息《ためいき》ばかりついているし、高橋のことを思い出すと涙ばかり出るし……。もう一年くらい、そんな状態なんですけど、考えれば考えるほど、どうしても高橋が自殺したとは思えないんです。高橋のご両親やご家族も、猫田《ねこた》君も、警察の人も、消防の人も誰も彼もが自殺だと言うけど、わたしだけは、そうじゃない気がするんです」

「今、消防とおっしゃいましたね？　どうして高橋さんの死に消防が関わってくるんですか」

冬彦が訊く。

「高橋の死は焼身自殺とされたんです」

「焼身？　焼け死んだってことですか」

　高虎が訊く。

「頭から灯油を浴びて火をつけたそうです」

「灯油？　それは……何て言うか、かなり過激な方法ですね」

「実際、かなり珍しいですよ。自殺の手段に関して、内閣府が年齢別・男女別に統計を取っていますが、男女・年齢を問わず圧倒的に多いのが首吊り自殺で、自殺者全体のほぼ六割を占めています。これに練炭を使った自殺と飛び降り自殺を加えると男性の八割、女性の七割になります。男性の自殺者は女性の自殺者の二倍以上ですが、命を絶つために選ぶ手段に大きな違いはないんですよ。焼身自殺というのは、かなり少ないです。資料を調べないと正確な数字を口にできませんが、全体の一パーセントとか二パーセント……それくらいのはずです。しかも、焼身自殺と言っても、家に火をつけて煙に巻かれて死ぬというパターンが多くて、焼身自殺と言うより放火自殺と言う方が適切だと思います」

　冬彦が説明する。

「警察の人もおかしいと思ったらしくて、最初は熱心に調べてくれてたんですが、突然、調べるのをやめてしまいました」

「ふうん、なぜだろう……？」

「高橋の遺書が見付かったからです」

「遺書が？　じゃあ、自殺じゃないですか」

高虎は冬彦ほど熱心に話を聞いておらず、いくらか投げ遣《や》りな言い方をする。

「遺書が偽物だと考えてらっしゃるんですか？」

冬彦が訊く。

「そこまで疑ってはいません。遺書は高橋が書いたものだと思います。警察の人も、そう話していたそうですし……。でも、わたしは高橋の身近にいて、誰よりも高橋を知っているつもりでいたから、たとえ遺書があったとしても自殺したなんて信じられないんです」

「それは、ちょっと滅茶苦茶な理屈じゃないですか。ねえ、警部殿？」

高虎が冬彦に話しかけるが、冬彦は顔も向けず、じっと香苗を見つめ、

「倉木さんは、よほど高橋さんと親しかったようですね。恋人同士だったんですか？」

「恋人同士？　あ、そうか。そうですよね。誰だって、そう思いますよね」

香苗は口許《くちもと》に薄い笑いを浮かべると、バッグから写真を取り出し、冬彦の前に置く。

その写真には三人の若者が笑顔で写っている。

どこかの浜辺で撮ったらしく、青い空と銀色に輝く海が背景になっている。写っているのは上半身だけだ。

香苗が真ん中に立ち、それを二人の青年が挟んでいる。がっしりとした体つきの、決し

てハンサムとは言えないものの愛嬌《あいきよう》のある顔をした素朴《そぼく》な感じの青年が向かって右側に立ち、その反対側に、ほっそりと華奢《きやしや》な感じの瓜実《うりざね》顔の美男子が立っている。

「これは猫田君です」

香苗ががっしりした青年を指差す。

「で、こっちが高橋です。自分では真吾《しんご》と名乗ってましたが、本名は真美《まみ》です。真実の真、美男美女の美、それで真美です」

「高橋真美？　男性にしては珍しい名前ですね」

「高橋は男性じゃありません。女性です。少なくとも戸籍上は。女性として生まれましたが、心は男性だったんです」

「性同一性障害ということですか？」

「はい……」

香苗はうなずくと、高橋と知り合った経緯をぽつりぽつりと話し始める。

三

海岸の浄化運動にはボランティアとして高校生のときから参加してました。浄化運動といっても難しいことではなく、海岸に落ちているゴミを拾うだけです。清掃活動という方が正確かもしれません。朝早くから拾い始めて、場所にもよりますが、昼くらいにはゴミ袋がふたつくらいいっぱいになりますよ。

ネットで調べて、どこの海岸に行くかを決めるんです。無理せず自分にできる範囲で、というやり方なので、特定の団体に所属したりせず、自由参加できるところを選ぶようにしていました。

ボランティア活動に参加するようになったのは、両親、特に母親がボランティア活動に熱心だった影響だと思います。保健所で殺処分される犬や猫を少しでも減らすために、里親を探すボランティアをしているんです。

でも、わたしはそういうのは苦手で……。

犬も猫も大好きなんですが、保健所に行くのが切ないというか、だって、里親を見付けられないと殺処分されてしまうわけじゃないですか。責任が大きすぎて、とても無理だと思ったんです。

父は若い頃から山登りが好きで、年に何度か山の清掃活動に参加しています。富士山のゴミを拾いに行くとか、そういうのです。里親を見付けるボランティアは無理だけど、父のようなボランティアならできそうな気がしました。海岸の浄化運動に参加したのは山より海の方が好きだという単純な理由です。

大学生になってからは少しだけ幅を広げて、海岸でゴミを拾う他に、家庭教師のボランティアも始めました。経済的な事情で進学塾に通うことができない中学生に勉強を教えるんです。

さっきも言いましたが、あくまでも無理のない範囲で、ということです。せいぜい、月に一日か二日をボランティア活動に割いていただけです。

あ……。

すいません。前置きが長くなってしまって。

こんな話をしたのは、そのボランティア活動を通じて高橋や猫田君と知り合ったからです。大学生になって最初に参加したお台場《だいば》のゴミ拾いで高橋に会ったんです。会ったというか、別に話もしなかったし、こちらから眺めていただけなんですけど。すごく目立ってたんです。ものすごい美形で、テレビに出ているアイドルみたいだったから。わたしだけじゃなく、同世代の女の子たちは、みんな高橋を眺めていたと思いますよ。

みんな高橋を男性だと思ってましたよ。まさか女性だなんて誰もわからなかったと思います。

なぜかと言われても困りますが、髪型とか服装とか、全体の印象とか……。胸の膨《ふく》らみもなかったから。

高橋の実家は宇都宮《うつのみや》で、東京で一人暮らしを始めたばかりだったから誰も知り合いがいなくて暇を持て余していたらしいんです。地方から東京に出てきたら、遊びに行きたいところもあるだろうし、買い物もしたいだろうし、とにかく、やりたいことなんかたくさんあるんじゃないかと思うんですが、高橋は、ファッションとかお洒落《しゃれ》とかに全然興味がなかったんです。昔からボランティア活動に関心があったそうですが、地元では参加しなかったらしくて東京に出たらやってみようと決めていたそうです。

猫田君とは顔見知りでした。

彼の地元は千葉なんですが、稲毛《いなげ》海岸の清掃活動に参加したときに、たまたま同じグループになったので、ちょっと話をしたことがあったんです。

お台場で再会して、やあ、久し振りなんて話しているうちに同じ大学に通っていることがわかって、しかも、学部まで同じだったのでびっくりしました。

それまでにいくつか必修科目の講義を一緒に受けていたはずなんですけど、うちの大学は学生の数が多いので全然気が付きませんでした。一度に何百人も講義を受けることがありますから。

お台場でのゴミ拾いから一週間くらいして、講堂に向かって歩いているとき、

「香苗ちゃん」

と声をかけられて、振り返ると猫田君がいました。

横に高橋もいたのでびっくりしました。話を聞くと、高橋も同じ学部だったんです。

その頃は、もちろん、わたしも猫田君も高橋を男性だと思っていたわけですが、いくら

美男子でも同性だとあまり気にならないのか、キャンパスで猫田君が高橋を見かけて気軽に話しかけたそうです。

「君さあ、この前、お台場での清掃活動に参加してたでしょ」

みたいな感じで。

高橋は目立ってたから、猫田君も覚えてたんでしょうね。

「おれ、猫田俊夫《としお》っていうんだ。見た目は、とても猫っていう感じじゃないけどね」

「おれは高橋真吾。よろしく」

高橋は、たぶん、意識的にそうする癖《くせ》がついていたんでしょうが、低い声でぼそっと話すので声が聞き取りにくいんです。普通の話し方をすると、声で女性だとばれてしまうから、わざとそういう話し方をするようになったんじゃないでしょうか。猫田君は三回くらい名前を聞き返したと言ってました。

うつむき加減に話すのも高橋の癖で、無意識のうちに喉仏が出てないのを隠そうとしてたんじゃないかと思います。

猫田君がわたしを紹介してくれて、わたしと高橋は友達になりました。

わたしたち三人はメル友になって、ボランティア活動の情報交換をしたり、講義のノートを貸し借りするようになりました。学食でランチしたり、カフェでお茶したりするうちに、わたしたち三人はすごく気が合うことがわかってきたんです。ほとんど毎日顔を合わせて、講義の後におしゃべりしました。

話題は、いくらでもありました。

わたしたちは小説を読むのも映画を観るのも好きだったし、ボランティア活動にも関心があったし、いろいろな夢を持ってましたから。

一番のおしゃべりは、わたしでした。高橋は聞き上手で、猫田君はバランスが取れていて聞き役にも話し役にもなれる人でした。

だから、三人でいると、いつまでもおしゃべりが終わらなくて……。

猫田君は小学生の頃からテニスをしていて、高校生のときに県大会に出たこともあるほどの腕前でした。水泳も得意でした。

高橋は釣りが趣味だというので、意外な感じがして驚きました。釣りをしたことがないのでよくわからないんですが、釣りをすると時間の流れが変わる気がする、と高橋は言ってました。余計なことを何も考えず、ぼんやりしていられるから釣りが好きなんだ、と。

釣りに行く時間がないときは座禅をしたそうです。それを聞いたときには、何だか変わってるなという印象を受けました。ものすごいハンサムで、いくらでも女の子からちやほやされそうなのに、派手なことが嫌いで、釣りや座禅をして地味に過ごすのが好きだなんて……。

猫田君や高橋と違って、わたしにはこれといって得意なことはありません。いろいろ齧《かじ》っては中途半端に投げ出すという感じなんです。いくらか長く続いたのはスキーと乗馬くらいでしょうか。もっとも、スキーは父が、乗馬は母が好きなので、そのお付き合いで何となく続いているだけです。

三人がそれぞれ性格も個性も違っていたから、かえって、ウマが合ったということかもしれません。

高橋が女性だと気が付かなかったのか……それは当然の疑問だと思います。今思い返しても不思議ですが、本当に気が付きませんでした。ずっと男性だと思い込んでました。

もちろん、おかしなことはありました。高橋の不自然さというか、そのときは大したことだとは思わなかったんですが……。

高橋は当たり前のような顔で男子トイレを使ってました。

あるとき猫田君が言ったんです。高橋はいつも個室に入るって。それが悪いわけでも何でもないけど、今にして思えば、ということです。肉体的には女性なわけですから個室に入るしかなかったんですよね。

海やプールで一緒に泳いだこともありません。

誘っても何だかんだと理由を付けて断られました。

シャワーを浴《あ》びるのを見たこともないし、一緒にお風呂に入ったこともありません。何度か三人で旅行したこともあるのに、そういうことが一度もないんです。それもまた今にして思えば、ということなんですが人前で肌をさらすことを避けていたわけですよね。

わたしと猫田君は実家から通ってましたが、高橋は大学の近くにあるワンルームマンションで暮らしてました。友達になってから、かなり長い間、わたしも猫田君も部屋に入れてもらえませんでした。近くまで行くことがあっても決して中に誘ってくれないんです。

それって変じゃないですか？

高橋はうちに来たことがあるし、猫田君のうちにも行ったことがあります。一方通行なんです。

他にも不自然なことはいろいろありましたが、後になって実は高橋は肉体的には女性なんだとわかってしまうと、どれも納得できることばかりでした。いくら男性のように振舞っていても女性としての生理現象を避けることはできないわけだし、部屋に行けば、高橋が女性だとわかってしまうようなものがあったはずです。それを見せたくないので、わたしたちを部屋に呼ぼうとしなかったのだと思います。

え？

恋愛感情ですか？

高橋をわたしが恋愛対象として見ていたか、という質問ですか？

う～ん、それはないですね。

少なくとも、あのときはなかったです。

確かに高橋はすごい美男子でしたが、わたし、面食いではないんです。偉そうな言い方になりますが、見かけよりも中身を重んじるというか……。

それに二人だけでいればどうなっていたかわかりませんが、いつも三人一緒だったし、三人だとなかなか、そんな雰囲気にはならないものですよ。

いつ高橋が女だと知ったのか、ですか。

大学二年の夏です。

ええ、そうなんです、高橋と友達になって一年以上経っても、わたしも猫田君も高橋が女だと気が付かなかったんですよ。嘘みたいに聞こえるでしょうが本当なんです。不自然なところがあったとしても、高橋は男だという思い込みがあったから、まさか男じゃないなんて想像もできませんでした。

あの夏、確か八月頃でしたが、千葉のポートパークで花火大会がありました。猫田君の実家が千葉にあるので、

「うちのベランダから見えるから遊びに来いよ」

と、わたしと高橋を誘ってくれたんです。

最初は猫田君の部屋から見て、途中から外に出ました。夜風が気持ちよかったので、花火を眺めながら海岸の方にぶらぶら歩いて行きました。

花火大会が終わって、コンビニでジュースを買って公園で飲みました。他愛のないおし

ゃべりをしながら、何がおかしかったのか笑ってばかりいたことを覚えています。

突然、高橋が真面目な顔になって、

「二人に話したいことがある」

と言い出しました。

「どうしたのよ、急に？」

「腹でも痛いのか？」

「真剣に話すから真剣に聞いてほしい。猫田も香苗ちゃんも大切な友達だから、これ以上、隠し事をしたくない」

その口調が普通ではなかったので、わたしも猫田君も、高橋が何か深刻な秘密を打ち明けようとしているんだ、とわかりました。

でも、まさか、あんな秘密だとは……。

「高橋真吾というのは本当の名前じゃないんだ。いずれ正式に変えるつもりでいるけど、今のところ、高橋真美というのが本名だ」

「真美？　何だか女みたいな名前だな。それが嫌だから男っぽい名前に変えたいのか？」

猫田君が笑いながら訊きましたが、高橋はにこりともしませんでした。

「おれ、女なんだよ」

高橋がぼそりとつぶやきました。

「え？」

「何言ってんの？」

「女として生まれ、戸籍上も肉体的にも女なんだ」

「で、でもさあ……」

よほど驚いたのか猫田君は声が上擦《うわず》っていました。

わたしは声も出せませんでした。

呆然と高橋を見つめていただけです。

あまりに突拍子もない告白だったので、真面目な顔で冗談を言っているのか、と思いました。

「あ、引っ掛かったな。信じただろ？　おれが女だなんて本気で信じるわけ？」

いきなり高橋が吹き出して、笑い始めるのではないか、と期待しました。

そう、期待です。

だって、あのときは高橋の告白にどう対処すればいいのかわからなかったから冗談にしてもらった方がありがたかったというか……。

でも、冗談なんかじゃなかった。

本当のことでした。

高橋はベンチに坐ったまま、ちょっと肩を落として、うつむき加減に、ぽつりぽつりと告白を続けました。自分が女であることに違和感を覚え始めたのは小学校に入学した直後からで、髪型とか服装とか、女の子らしい格好をするのが嫌でたまらなかったそうです。中学生になって、セーラー服で通学するようになると、ますます嫌になり、なるべく鏡を見ないようにしていたそうです。

服装のこともそうですが、中学生くらいになると胸も膨らんでくるし、女性らしい体つきになりますよね。しかも、生理だってくる。自分の肉体の変化に戸惑い、こんなのは本当の自分じゃないから捨ててしまいたい、自分の体を切り裂いてしまいたい……そんな衝動に駆られることもあったと話してくれました。

何とか中学時代は我慢したそうなんですが、高校生になると耐えられなくなり、とても不愉快な出来事もあって、それをきっかけに不登校になってしまったんです。どういう出来事だったのか、具体的な内容までは知りません。本人にとっても思い出したくないことだったらしく、いずれきちんと話すつもりだから、今は待ってくれ、と言われました。結局、それを聞く機会がないまま、高橋は亡くなってしまったわけですが……。

不登校になって、もう退学しようと覚悟を決めたけど、担任の先生が熱心で、高橋の気持ちも尊重してくれて、欠席分を補習してくれたり、いろいろ努力してくれたおかげで退学せずに済んだんです。

もっとも、卒業式には出なかったそうですが。

高橋の告白を聞き終わっても、やはり、わたしと猫田君は戸惑ったままでした。性同一性障害という言葉は知っていましたが、身近にそういう人はいなかったし、詳《くわ》しい知識はありませんでした。

テレビには、男だけど女性の姿をして化粧もして、女性のような話し方をするタレントが出ていますが、漠然と、ああいう人たちが性同一性障害なのかな、と思っていた程度なんです。肉体と心の性別が一致しないということがよく理解できませんでした。

「昔から男《おとこ》女《おんな》と馬鹿にされたりからかわれてきたから、普通の人からすれば、おれなんか気持ち悪いし、そばにいるだけで不愉快な人間なのかもしれないけど、これが本当のおれだし、そういう自分を隠したり偽《いつわ》ったりしたまま猫田や香苗ちゃんと友達付き合いしてはいけないと思う。ものすごく悩んだけど、正直に打ち明ける。二人を騙《だま》していたわけだから怒るのは当然だし、絶交されても文句は言えないと覚悟している」

そう言って、高橋はわたしたちを見ました。

しばらくして、

「でも、高橋は高橋だからな」

猫田君がぽつりと言いました。

わたしも思わず、

「そうだよ、高橋は高橋だよ」

と口走っていました。

それまで高橋はわたしたちを「猫田」「香苗ちゃん」と呼んでいたし、猫田君も同じように「高橋」「香苗ちゃん」と呼んでいました。わたしは二人を「猫田君」「高橋君」と呼んでたんですが、その夜から「高橋」と呼ぶようになりました。それまでは男だと思っていたから当たり前のように「高橋」と呼んでいたけど、肉体的にも戸籍上も女なのだとわかってしまうと、何となく「高橋君」と呼ぶことに抵抗を感じたというか、気恥ずかしかったというか……。

あの夜の告白を境として、わたしたち三人の関係は、それまでとは違ったものになったと思います。三人で一緒に過ごすことも多かったし、仲良しであることにも変わりはなく、わたしたちは親友同士だったと思いますが、何かが変わった気がしました。それが何なのかうまく説明できないんですが……。

四

「あの……」

千里が遠慮がちに声をかけると、老女が文庫本から顔を上げる。

「わたし？」

怪訝《けげん》な顔で千里をじっと見つめる。

「失礼ですけど、昨日、ここで文庫本を落としませんでしたか。これなんですけど」

千里が水色のカバーのかかった文庫本を差し出す。

「あら、わたしのよ。どこに落ちていたのかしら?」

「ベンチの下です」

「嫌だわ。足許に落として、そのまま帰ってしまうなんて……。本がないことには帰宅してから気付いたけど、どこでなくしたのかわからなかったの。あなたが拾って下さったの?」

「はい」

「お坐りにならない?」

老女が自分の隣をぽんぽんと軽く叩く。

千里がベンチに腰を下ろすと、

「見て」

と自分が読んでいた文庫本を千里に差し出す。ピンク色のカバーがかかっている。

(何だろう……?)

受け取ってページをめくると、

岩波文庫
モーパッサン短篇選
高山鉄男編訳

と書いてある。千里が拾ったのと同じ文庫本だ。

「あれ……」

千里は小首を傾げると、

「同じ本ですね。他の人の落とし物でしょうか。だけど、まったく同じ本だなんて、すごい偶然」

「ううん、偶然じゃないのよ。それもこれもわたしの本なのよ」

「だけど、同じ本ですよ」

「ええ、そうなの。わたし、まったく同じ本を何冊も持ってるのよ。そうね、一五冊」

「え、一五冊も！」

思わず驚きの声を発してしまう。

「なぜかというとね……その次のページを開いて下さる？」

「はい」

千里が次のページをめくる。目次である。

「これ、短編集なのよ。いくつあると思う?」

「えぇっと……」

千里が目次を目で追う。「水の上」「シモンのパパ」「椅子直しの女」……表題は一ページでは収まらず、更に次のページにも続いている。最後の「小作人」まで数えると、

「全部で一五ですね。だから、一五冊なんですか?」

「そうなのよ。栞のページを開いて下さる?」

「はい」

そのページを開くと、金色のクローバーをかたどった栞が挟んである。

表題は「首飾り」だ。

「その日の気分でバッグに入れる本を決めるの。カバーの色を見るだけで、どこに栞が挟んであるかわかる。ピンクのカバーは『首飾り』、この水色のカバーは『メヌエット』よ」

「そうなんですか」

と、うなずきながらも、何でそんなことをするのか千里には理解できない。

「おかしなことをすると思うでしょうね。どれだって中身は同じなんだもの、一冊あれば十分……それが当たり前だと思うわ。でもね、年寄りは、そういう無駄が好きなのよ。無駄だけど、わたしにとっては大きな意味のあることなの。だってね、この本の中には、身震いするほど恐ろしい話もあれば、涙が止まらないような悲しい話もあるし、心を洗われ

る美しい恋物語もある。刺激が強すぎて、とても続けて読むことができないのよ。だから、散歩に出かけるとき、今日の気分にふさわしいのは、どの物語かしら、と自分に問いかけるの。で、一五冊の中から一冊選び出してバッグに入れる。公園にやって来て、このベンチに坐ったら、栞を挟んである物語だけを読むの。わたし、目があまりよくないせいもあって、本を読むのがとても遅いの。陽気がいいときには、居眠りしてしまうこともあるしね。だから、短篇一つ読むのが精一杯なのよ。一番のお気に入りは水色のカバーよ。『メヌエット』だけど、今朝、見当たらなかったから、二番目のお気に入りを持ってきたというわけ」

老女はバッグから円筒形のステンレス製のポットを取り出すと、

「いかが？　お急ぎでなければ、コーヒーを一杯付き合って下さる？　苦くないわよ。わたしも苦いのは好きじゃないから。ミルクとお砂糖をいれてあるの。但《ただ》し、甘すぎない程度にね」

小さなマグカップにコーヒーを注いで千里に差し出す。

「ありがとうございます」

「お礼を言うのは、こっちの方よ。わざわざ届けて下さるなんて本当に嬉しい。親切な方なのね。この近所にお住まい？」

「そうではないんですけど、兄の職場が近くにあるので、たまに来ます」

「学生さんでしょう？　制服姿だもの。学校は？」

「うちの高校、午後はほとんど自主学習なんです。勉強したい人は図書館に行ったり予備校に行ったりしてます。スポーツが得意な人は、学校に残ってトレーニングしてます」

「あなたは勉強派、それとも、スポーツ派？」

「わたしは運動は得意じゃないんで、どちらかというと勉強派ですね。予備校に籍もありますし」

「じゃあ、悪いことをさせてしまったわね。こんな本を届けさせてしまって。お忙しいんでしょう？　時間を無駄にさせて申し訳ないわ」

「いいえ、大丈夫です。図書館にも予備校にも行く気がしなかったし……」

「あら、どうして？　何か悩み事でもあるの？」

「え？　いや、そういうわけでは……」

千里が口籠《くちご》もる。

「あ……」

老女が両手で口を押さえる。

「わたしったら見ず知らずの若い方に、しかも、初対面だというのに図々しくあれこれ詮《せん》索《さく》したりして……。ごめんなさいね。いつもは、こんな失礼なことはないのよ。わざわざ文庫本を届けて下さったご親切が嬉しくて舞い上がってしまって……。わたしったら名前も名乗らずに何て不作法なのかしら」

「いいえ、とんでもないです。わたしが勝手に来ただけですから。まさか同じ文庫本を一五冊も持っていらっしゃるとは知らなくて」

「ご挨拶が遅れました」

老女が背筋をピンと伸ばし、両手を膝《ひざ》の上で揃えて千里に体を向け、

「漆原登紀子《うるしばらときこ》と申します」

深々と頭を下げる。

「小早川千里です。よろしくお願いします」

慌てて千里も頭を下げる。

「コーヒー、もう一杯、いかが？」

「いただきます。とてもおいしいです」

「そう言ってもらえると嬉しいわ。毎朝、自分で豆を挽《ひ》いて淹《い》れるの。わたし、コーヒーの香りが大好きだから。若い頃から好きなのよ。もっとも、昔は甘いコーヒーなんか飲めなかったわ。だって、太ってしまうものね。体重が増えると踊れなくなるでしょう。演出家に叱《しか》られちゃう。夫が演出家だったんだけど、とても厳しかったの。身内だからって容《よう》赦《しゃ》しないのよ。むしろ、身内だからこそ人一倍厳しくするっていう人だったから。もう亡くなってしまったけどね」

「ダンスをやってらしたんですか？」

「ちょっとだけね」

「すご〜い！」

「うふふっ、何十年も昔の話よ。今は、よぼよぼのおばあちゃん」

「そんなことないですよ。すらりとしてスタイル抜群《ばつぐん》だし、すごくきれい。憧れちゃいます」

「嘘でもそう言ってもらえると嬉しいわ」

登紀子が目を細めて微笑む。

五

「あ〜、理解不能な相談を長い時間聞かされて頭が痛い。ひとつだけよかったことは、昼休みを取るのが遅れたせいで店が空いてることだな」

高虎が店内を見回す。

署の近くにある蕎麦《そば》屋である。午前一一時半から午後一時半まで、ランチタイムの二時間ほどは会社員やＯＬで、いつも混み合うのだ。ここを利用する署員も多い。冬彦に相談にやって来た上田明美と倉木香苗の話を聞くのに時間がかかり、二人が帰った後、その相談案件を「何でも相談室」が引き受けるかどうか、亀山係長を交えて話し合ったりしたので昼休みを取るのが遅くなった。

　中年の女性店員が二人の前に番茶を置き、何になさいますか、とぶっきらぼうに訊く。

「何を食べます？　また、ざるですか？」

「もちろんです。この店で、ざる以外を注文するなんてあり得ません。どれも値段に見合った味じゃありませんからね。ざるだって大してうまいわけじゃないけど、一番安いから」

「いつも厳しいご意見をありがとうございます」

　店員がにこりともせずに言う。

「悪いな。この人、変わり者だから」

「正直なだけなんですけどね」

「黙ってて下さい。警部殿が口を開くと、誰かしら傷つくんですよ。昼飯を食うだけなんだから、わざわざ角を立てることもないでしょう。ざるを一枚、おれは天麩羅《てんぷら》蕎麦ね」

「はい。ざるを一枚と天麩羅蕎麦ですね」

　注文を繰《く》り返すと、店員が離れていく。

「ひと言だけ言わせて下さい」

「嫌です。聞きたくありません」

「この店の天麩羅蕎麦に一三〇〇円の価値はありませんよ。お金の無駄です」

「おれが払うんだから、いいじゃないですか。警部殿には関係ない」

「駅の立ち食い蕎麦なら、その半分の値段で、大して味の変わらない天麩羅蕎麦を食べることができますよ」

「立ち食いしながら話なんかできないでしょう。それに駅まで行くのも面倒だし。はっきり言いますが、仕事の話がなければ警部殿と一緒に昼飯を食べたいとは思いませんよ」

「なるほど、そういうことか。寺田さん、何も考えずに無駄遣いしてるわけじゃないんですね。ちょっとだけ見直しました」

「見直さなくて結構ですよ。全然嬉しくないし。ところで、さっきの案件、本気で引き受けるつもりなんですか？」

「もちろんです。係長だって了承してくれましたからね」

「係長が警部殿に反対するはずないでしょう。それでなくても自分の方が階級が下だってことで劣等感を持ってるんだから。口を開けば、どうあがいても言い負かされるし」

「何でもごり押しする嫌な奴みたいじゃないですか」

「自覚がないんだねえ」

呆《あき》れた様子で、高虎が首を振る。

天麩羅蕎麦とざる蕎麦が運ばれてきたので食べ始める。

「繰り返しになりますが、これは、うちが扱うような案件じゃありませんよ。自殺であれば、そもそも捜査する必要はないわけだし、自殺でないとすれば刑事課が扱うべき案件だ。生活安全課が口を挟《はさ》む案件じゃないんですよ」

「だけど、自殺なのかどうか、それが曖昧《あいまい》なわけでしょう。他殺の疑いがあれば刑事課が動くでしょうが、今の段階では動かない。だから、うちが扱う……おかしいですか？」

「自殺か他殺かという単純な色分けもよくないなあ。事故の可能性だってあるんだから」

「どういう事故ですか？　高橋さん、頭から灯油を浴びたんですよ。自分で浴びたのなら自殺だろうし、他人に浴びせられたのなら他殺です。それ以外に、どんな理由で灯油を浴びるんですか？　少なくとも事故ということは考えられませんね。自殺か他殺、どちらかですよ」

「遺書があったと話してたじゃないですか。遺書が見付かったから警察も捜査をやめたんですよ」

「逆に言えば、遺書がなければ警察は捜査を続けたということじゃないですか。最初は他殺の疑いがあったから捜査したんですよ、きっと」

「それは、どうかねえ……」

　高虎は、まったくやる気がなさそうだ。

「とにかく、やるだけやってみましょう。『何でも相談室』の仕事は、区民の相談に乗って、悩み事を解決してあげることなんですから」

「畑違いのところに首を突っ込んでばかりいるように見えますけどねえ。本来の仕事をした方がいいんじゃないんですか？　樋村と安智は犬のウンチを片付けに行ってるんですよ」

「もちろん、他の仕事をすべて彼らに押しつけようなんて考えていません。他の仕事もこなしながら、この案件にも手を付けようという話です。刑事課には古河《ふるかわ》さんや中島《なかじま》さんがいるから、きっと快く協力してくれますよ」

冬彦がにこっと笑う。

「どうして、何でもかんでも楽観的に考えられるのか不思議だ。ある意味、その能天気さが羨ましい」

溜息をつきながら、高虎は海老天に齧り付く。

さして、うまそうな顔はしていない。

六

「警部殿があの焼身自殺を調べ直すんですか」

刑事課の古河祐介《ゆうすけ》主任が驚いたように言う。

「覚えてるんですか？　一年前のことですよ」

冬彦が訊く。

蕎麦を食べ終えて「何でも相談室」に戻り、二〇分ほど雑用を片付けてから、高虎と二人で刑事課にやって来たところである。

「女性の焼身自殺なんて滅多にありませんからね。なあ、中島？」

「びっくりしましたよ。灯油を浴びて火をつけるなんて想像するだけで恐ろしいです」

同じく刑事課の中島敦夫《あつお》がうなずく。

「古河さんが担当なさったんですか？」

「わたしじゃありません。誰だったかな」

「鶴岡《つるおか》さんですよ。鶴岡さんと脇谷《わきや》のコンビ」

中島が答える。

「ああ、そうだった。せっかくですから担当した人間に話を訊くのがいいでしょうが、生憎《あいにく》と窃盗《せっとう》事件の捜査で二人とも朝から出かけています。夕方には戻るはずですから、警部殿の用件を伝えておきますよ。今日中に話したいんですよね？」

古河が訊く。

「他の事件で忙しいのなら別に今日でなくてもいいんだよ。明日でも明後日でも……」

高虎が横から口を挟むが、

「できれば今日中にお願いします。鶴岡さんと脇谷さんが戻られるまで、他を調べてみますから」

「どこに行くんですか？」

「田中《たなか》巡査に会います」

「田中巡査？」

「最初に現場に駆けつけたのが田中巡査で、今も大宮八幡《おおみやはちまん》前の交番を担当しています。今日、田中巡査が出勤していることは確認済みです」

「素早いなあ。いつ調べたんだ……」

高虎が怪訝《けげん》な顔でつぶやく。

「寺田さんがタバコを吸いながらぼんやりしている間にいろいろ調べました」

「ほんの二〇分くらいじゃないですか」

「二〇分もあれば仕事が捗《はかど》るものですよ」

「また嫌味か」

「大宮八幡の交番に行きましょう。運転をお願いします」

「はいはい、わかりましたよ。運転するくらいしか能がありませんからね」

「何もないよりは、ましです。ちゃんと捜査に貢献《こうけん》してますよ」

「……」

何か言い返そうとするが、何を言ったところで口ではかなわないと悟《さと》ったのか、諦めたように黙って首を振る。

刑事課を出ると、高虎は車のキーを取りに「何でも相談室」に戻り、冬彦は先に駐車場に向かう。エレベーターを使わず、階段で降りるのは健康維持のためだ。車の傍《かたわ》らで待っていると、すぐに高虎がやって来る。車に乗り込むと、

「妹さん、千里ちゃんでしたよね。電話があったらしいですよ。三浦に伝言を頼まれました。確かに伝えましたよ」

「わかりました」

「わざわざ『何でも相談室』に電話しなくても、用があるのなら携帯に電話してくればいいのになあ。警部殿だって携帯を持ってるんだから」

「出ませんからね」

「なぜですか？」

「仕事中は極力、公私混同を避けて、仕事のことだけを考えたいからです」

「頭が固すぎるでしょう。緊急の用件だったら、どうするんですか？」

「そういうときは『何でも相談室』に電話して、緊急の用件だと三浦主任に言うはずです。今日の電話は、それほど緊急ではなさそうです。だから、放っておいていいんです。仕事が優先です」

「お節介だとわかっているけど、そう何でもかんでも機械的に割り切るってのはどうなんですかねえ。何か用があるから電話してきたんだろうし、電話を折り返すくらいのことをしても罰は当たらないでしょう。たかが電話一本のことなんだから」

「忠告には感謝しますが、やはり、お節介ですね」

「馬の耳に念仏でしたか」

高虎が車を出す。青梅《おうめ》街道を東に進み、成田《なりた》東四丁目の交差点を右折して松ノ木《まつのき》八幡通りを道なりに走る。方南《ほうなん》通りにぶつかる手前に目指す交番がある。空いていれば二〇分で着く。

しばらく二人は黙っていたが、

「鶴岡さんと脇谷さん、どういう人たちなんですか？　今までほとんど接点がないのでよくわからないんですが」

「鶴さんは、いい刑事だよ。叩き上げのベテランだ。昔気質《かたぎ》っていうのか、足で調べるタイプだね。警部殿とは、まるっきり違うタイプじゃないですかね。鋭い推理やプロファイリングには無縁だけど、こつこつと地道に証拠を集めていくというやり方をする」

「何が違うんですか？　ぼくだって、そういうやり方をしているつもりですが」

「そう思ってればいいでしょう」

高虎が肩をすくめる。

「脇谷は、まだ若い。安智や中島より一期下ですから。鶴さんにくっついて捜査のやり方を学んでいるところでしょうよ」

「ぼくたちと同じですね」

「何が？」

「現場をよく知る叩き上げの古株に新人が捜査のイロハを教わっているという点ですよ」

「本気で言ってるんですか？」

「本気です」

「幸せな人だ」

高虎が溜息をつく。

「ま、鶴さんが捜査を打ち切ったってことは、おれたちが調べても何も出てこない可能性が濃厚なんですけどね」

「ぼくのような駆け出しは、寺田さんや鶴岡さんのようなベテラン刑事に遠く及ばない点が多々あることは承知していますが、ひとつだけ、ぼくの方が優っている点があります」

「何です？」

「先入観や思い込みがないことです。取り扱う事件が多すぎるせいだと思いますが、事件を捜査するに当たって先入観や思い込みの強い警察官が多すぎます。現場に出て、そう痛感しています」

「遺書のことを言ってるんでしょう？　遺書があるから自殺だと決めつけるのは短絡的だって」

「そうです」

冬彦がうなずく。

「警察官にとって必要な資質はいくつもあると思いますが、ぼくは何よりも、どんなに当たり前に見えることでも疑いの目でいろいろな角度から眺めることが必要だと思うんです。ぼくの言うこと、間違ってますか？」

「その考え方が間違っているとは思いませんがねえ……」

「はっきり言って下さい」

「配属されている部署が間違っているんじゃないかと思いましてね」

「え？」

「警部殿、刑事課の方が向いているんじゃないですか？　殺人事件や強盗事件でも扱う方がよさそうな気がしますけどね。頭がいいのは認めるし、たまに鋭い推理をすることもあるけど、それって『何でも相談室』に必要な資質なんですかね。それが、おれには疑問なんですが」

「寺田さん、面白いことを言いますね。最初は、偏差値が低くて、がさつで血の気が多いだけの単純な人だと決めつけていましたが、そうでないことがわかってきました。スルメみたいな人ですよね」

「おれがスルメ？」

「嚙めば嚙むほど味が出るじゃないですか」

「これからは、スルメ男と呼んで下さい。ほら、着きましたよ」

右手に大宮八幡前交番が見えてきた。高虎はウインカーを出し、駐車場に車を入れる。アポを取っておいたので、田中巡査は外回りに出かけずに交番で待っていた。三〇代半ば過ぎの実直そうな感じの警察官である。

交番に入ってすぐのスペースを見張り所といい、机と椅子が置いてある。ここで区民からの相談を受ける。その奥が待機所で、台所やトイレがある。ここで食事を摂《と》ったり、休憩したりする。

その待機所で冬彦と高虎はテーブルを挟んで田中巡査と向かい合った。

「一年前の焼身自殺について話を聞きたいということでしたが、何をお話しすればよろしいのでしょうか？」

田中巡査が緊張した面持ちで訊く。無理もない。若いとはいえ、一人はキャリアの警部で、もう一人は叩き上げのベテラン巡査長である。

「実況見分調書や捜査報告書には目を通したので、いつどこで誰が何をどのように、というような事実関係はわかっています。実況見分調書や捜査報告書には純粋な客観的事実だけを書くことになっており、憶測や推理を書くことは禁じられていますが、事件解決のためには、憶測や推理は大切だと、ぼくは思ってるんです」

「事件？　あれは自殺だったはずですが……。再捜査をなさってるんですか？」

「再捜査をするべきかどうか、それを決めるための予備調査をしている段階です。あの夜、何があったのか、できるだけ正確に話していただけると助かります」

「わかりました」

田中巡査がうなずく。

「あれは一一月二四日の月曜日のことです。前日の日曜日が祭日だったので振替休日でした。三連休の最終日です。午後一一時三〇分頃、永福《えいふく》四丁目の図書館に隣接する公園で何かが燃えているという一一〇番通報がありました。通報してきたのは公園近くのマンションに住む男性です。タバコを吸うためにベランダに出たところ、公園で火の手が上がるのが見えたそうです。直《ただ》ちに現場に向かうように署から警電で指示されました」

冬彦の電話を受けてから、実況見分調書を読み直しておいたので、すらすらと説明を始めることができる。

「警電？　ああ、警察電話のことですね。マンションの住民が通報するくらいですから、かなり激しく燃えていたということなんでしょうね？」

冬彦が訊く。

「はい。その同じマンションからは、その男性の後にも三件通報の電話があったそうですから、誰もが驚くような状態だったのだと思います」

「なるほど……。現場に駆けつけたのは田中巡査一人ですよね？　その夜は、光岡《みつおか》巡査も勤務していたはずですが、なぜ、二人で行かなかったんですか」

「午後一〇時二〇分頃、バス停から不審な男につけられている気がする、と四〇代の女性が交番に駆け込んできました。わたしと光岡巡査が周辺を見回りましたが、怪しい人物はいませんでした。しかし、その女性がひどく怯《おび》えていたので、念のために光岡巡査が自宅まで同行することにしたんです。光岡巡査に無線で連絡を入れてから、わたしが先に現場に赴《おもむ》きました」

「自転車でですか、それともパトカーでですか？」

「自転車です」

「なぜですか？」

「ここから現場の公園まで、ほんの二、三〇〇メートルです。どちらで行っても、大して時間に違いはないだろうと考えました」

「到着までに、どれくらい時間がかかりましたか？」

「公園に着いたのは午後一一時三七分頃です。現場に向かうように指示されてから到着まで七分ほどです」

「どんな公園なんですか？」

「ごく普通の公園で、あまり大きくはありません」

「普通というのは、どういう意味ですか？」

「何て言うか……ブランコ、滑り台、砂場、ジャングルジムというような、どこにでもあるような遊具が置いてある公園という意味です」

「わかりました」

「公園に入ると、奥の方で何かが燃えているのが見えました」

「最初に何を考えましたか？」

「これだけ大きな炎であれば警察に通報してくるのも、もっともだな、と」

「何が燃えていると思いましたか？」

「中学生か高校生が悪ふざけして焚《た》き火でもして、火が大きくなりすぎたのかもしれない……そう思いました」

「その公園で誰かが焚き火をしたことがあるんですか？」

「焚き火というか、花火ですね。夏に高校生グループが花火をして騒ぎ、近所の住人から苦情が出たことがあります」

「もう一度訊きますが、何が燃えていると思いましたか？」

「さっぱり見当がつきませんでした。燃えている場所に近付こうとしたんですが、火の手が強くて、あまりそばには寄れませんでした」

「何か臭いませんでしたか？」

「臭い？　あ……」

冬彦が何を訊きたいのかを察して、田中巡査が眉間《みけん》に皺《しわ》を寄せて難しい顔になる。焼身自殺ならば、人肉が焼ける臭いがしたのではないのか、という質問なのである。

「灯油の臭いがしました。それ以外の臭いは別に何も……」

田中巡査が首を振る。

「公園には誰かいましたか？」

「わたしが到着したときは誰もいませんでした」

「普段から人気のない場所なんですか？」

「あまり人通りが多いところではありませんね。平日であれば、バスや電車が動いている時間帯に、いくらか仕事帰りの人が通るでしょうが、休日だったので、いつもより人通りは少なかったと思います。交番から公園に行く途中、わたしも歩行者に出会いませんでしたから」

「その後は、どうなさいましたか？」

「火の手が強いので、これを放置するのはまずいな、どこかから消火器を持ってきて消した方がいいかもしれない……そんなことを考えているところに光岡巡査がやって来て、それとほぼ同時に機捜の覆面と消防車が到着しました」

「機捜の覆面?」

「機動捜査隊の覆面パトカーってことですよ」

高虎が教示する。

機動捜査隊は警視庁の刑事部に所属し、普段は覆面パトカーで都内を巡回している。事件が発生すると、通信指令センターからの指示を受け、直ちに現場に急行する。機動捜査隊の役割は初動捜査で、殺人事件の場合、被害者の身元を洗い出したり、目撃者から話を聞いたりする。

「ああ、そうか。専門用語が飛び交いますねえ。刑事になったんだなあ、と改めて実感します」

「子供じゃないんですから……」

高虎が呆れたように溜息をつく。

「話を戻しますが……消防車を要請したのは、うちの署ですか?」

「いいえ、警察ではなく消防に通報した人もいたらしいんです。消防隊員が火を消し止めましたが、人間が燃えていると大騒ぎになりました。最初は機捜のパトカーも一台だけだったのに、たちまち一〇台以上のパトカーがやって来ました」

「公園で人間が灯油を浴びて燃えたとなれば、事件性が強いと考えるのが普通だ。その時点で機捜は殺人事件という前提で動き出したということだな。最初に一台しか来なかったのは、たぶん、放火を疑った程度だったからだろう」

　高虎がうなずく。

「それから、どうしましたか？」

　冬彦が田中巡査に訊く。

「うちの署からも応援がやって来ましたから、それを手伝って現場にロープを張ったり、ビニールシートを用意したりしました」

「捜査そのものは機捜にバトンタッチしたということですね？」

「そうです。その後、どういう捜査が行われたのか、わたしは知りませんが、二日くらいして、どうやら自殺で、事件性はないと判断され、捜査が打ち切られたと聞きました」

「ふむふむ……」

　冬彦は熱心にメモを取る。

　手帳を閉じると、

「とても参考になりました。どうもありがとうございました」

　と一礼する。

　交番を出ると、

「どうします、署に戻りますか？」

高虎が訊く。

「ここまで来たんですから、その公園に行きましょうよ。すぐ近くらしいですから」

二人は車に乗り込み、公園に向かう。方南通りを西永福方面に走らせ、最初にぶつかった信号で左折する。道なりに走ると、図書館がある。

「そこですかね」

図書館の横に公園がある。その入口付近に車を停める。二人が車を降りて、公園に入る。

「なるほど、ありふれた公園だな」

高虎が周囲を見回す。田中巡査が話していたように、どこの公園でも見かけるような遊具があるだけだし、大して広くもない。図書館の横にあることが関係しているのか、ベンチに腰掛けて本を読んでいる老人が何人もいる。あとは、小さな子供を遊ばせている母親たちが目に付く程度である。

「あのあたりが現場ですね」

公園の周囲には背の高い樹木が並び、植え込みも多い。花壇もいくつかあるので、暖かくなればきれいな花々を咲かせそうだ。公園の奥にひときわ大きな木が立っている。冬彦が両手を回して、かろうじて指先がつくくらいに幹が太い。

「このあたりだけ、他の部分より黒ずんでますけど、焼け焦げた痕《あと》なんでしょうか」

「一年も前のことなのにな」

　高虎が手を伸ばして幹に触れる。高虎の身長は一七七センチだが、ちょうど木の根元から、高虎の頭のあたりまで幹が黒ずんでいる。そこより上の部分とは明らかに色合いが違う。

　冬彦が公園の近くに建つマンションを見上げる。

「通報したのは、あのマンションの人なのかな。思っていたより公園から離れてるなあ。よほど激しく火の手が上がったから気が付いたんでしょうね」

「通報したのは一人じゃなかったと、あの巡査が言ってましたね。何人も気が付くほどの燃え方だったんでしょう」

「木が青々と生い茂っていたり、あたりに枯れ葉が落ちていたりしたら、火の手が広がって大変なことになっていたかもしれませんね。秋から冬に移り変わる頃だったので枝には葉がなく、落ち葉もなくなっていた。おかげで、この木が焼け焦げただけで済んだ。夜になるとあまり人通りもないというし、街灯の数も少ないから、いきなり火の手が上がったら目立っただろうなあ。火事だと思ったかもしれませんね」

「すいません。トイレに行ってきます」

　高虎が足早に図書館に向かう。

　五分ほどで戻ると、冬彦はジャングルジムの近くにいた。幹が焼け焦げた大木から一〇メートルほど離れたところだ。高虎の姿を目にすると、手招きしてからジャングルジムの後方にある植え込みに入っていく。高虎がそばに来ると、

「たぶん、このあたりだと思います」

「遺書が見付かった場所ですか」

「そうです」

事件の翌日、この場所でジャムの空瓶《あきびん》に入った遺書が見付かった。それが高橋の死を焼身自殺と警察が判断する有力な材料となったのだ。遺書そのものは、それほど長いものではない。


願いがかなわないのなら、もう生きている意味はありません。

今まで十分に苦しんできました。

これから先も苦しむなんて耐えられません。

死んだ方がましです。

死ぬことは少しも怖くありません。

だって、死ぬよりも辛い思いばかりしてきたから。

皆さん、さようなら。

「一緒に焼けないように離れた場所に置いたんだな。しかも、わざわざ瓶に入れるなんて、よほど用心深い性格だったらしい」

高虎がつぶやく。

「ぼくは不自然だと思います」

「何がです？ 自殺者が現場に遺書を残すのは、よくあることじゃないですか」

「断崖絶壁から海に飛び込むとき、靴を揃えて、風で飛ばされないように靴の下に遺書を置く……テレビドラマなんかで観ますよね？ まあ、それは納得できなくもありません。海に飛び込んだら身元を突き止めるのが大変ですから」

「焼身自殺だって同じでしょう？ 顔や体が焼けたら、そう簡単に身元はわかりませんよ。最後には歯の治療痕やＤＮＡ鑑定で何とかなるでしょうけど、時間も手間もかかる。遺書がある方がありがたい」

「それなら、もっと人目に付く場所に置く方がいいじゃないですか。植え込みの陰に置く必要はないでしょう？ それに遺書が焼けるのを心配したのなら、遺書は部屋に置いておき、自分の身元がわかるもの、例えば、学生証なんかを耐火性の小型金庫に入れてそばに置くとか、いろいろやり方はあるじゃないですか。大学近くのワンルームマンションで暮らしていたそうですが、そのマンションは永福町駅のそばだから、ここからだって近いですよ。すぐに身元がわかったと思います」

「じゃあ、何で、ここに遺書を残したと思うんですか？」

「遺書が見付かれば自殺だと判断されて捜査が打ち切られるからですよ」

「殺人を自殺に見せかけるための犯人の悪巧みってことですか？」

「ええ」

「それなら、尚のこと見付かりやすい場所に瓶を置くはずじゃないですか。なぜ、敢《あ》えて見付けにくい場所に置いたんですかね？」

「う～ん、なぜだろう……？」

冬彦が首を捻《ひね》り、よくわからない、とつぶやく。

「警部殿にもわからないことがあるなんて愉快だ」

ははは、と高虎が笑う。

「別に喜ぶようなことじゃありませんよ。今はわからないというだけで、調べていけば、きっとわかるはずです」

「そういうのを負け惜しみというんですよ」

「何とでも言って下さい。さあ、行きましょう」

「署に戻るんですね？」

「まだ時間がありますから消防署にも寄っていきましょう」

「いきなり行っても相手にしてくれませんよ。向こうだって忙しいんだから」

「大丈夫です。アポが取れました」

「え?　いつアポなんか取ったんですか」

「寺田さんがトイレに行っている間にです」

「ほんの五、六分じゃないですか」

「それだけあれば、いろいろなことができますよ」

七

杉並消防署を訪ねると、予防課防火管理係の係長・大館浩之《おおだてひろゆき》消防司令補と副主任・中村《なかむら》裕一《ゆういち》副士長が出迎えてくれた。七月に起こったファイヤーボール事件のときにも二人とは情報交換している。顔見知りである。応接室で向かい合うと、

「お忙しいところ、時間を取っていただいてありがとうございます」

と、冬彦が頭を下げる。

「構いませんよ。電話をいただいてから、実況見分調書を読み直しておきました。何でも質問なさって下さい」

大館係長が丁寧な口調で言う。

「消防としては、あの一件に関する調査は完了したわけですよね？」

「はい。完了しています。警察と消防では火災に対するスタンスが違いますから」

火災が発生した場合、警察も消防も独自に調査するが、警察は事件性の有無を重視し、事件だと判断すれば犯人逮捕に全力を傾ける。一方、消防調査の目的は火災の原因を突き止めることだ。

消防調査は火災現場に到着したときから始まる。

消防隊員が消火活動に従事する傍らで、予防課に所属する調査員が調査活動をするのだ。爆発があったかどうか、煙や炎がどこから出ているか、異臭や異音の有無などを調べる。この初期段階の調査では調査員の経験が大きくモノを言う。

「民家やビルなどの火災ではなく、公園での火災でしたし、短時間で鎮火することもできたので、調査そのものにはあまり時間はかかりませんでした。民家で火災が発生すると、火元を特定したり、何が火災の原因になったのかを調べるのに時間がかかるんです。あの公園の火災では、そういう手間がかかりませんでした。そうだったよな、中村副主任？」

大館係長が訊く。

「そうですね。現場に近付いてすぐに灯油が燃えたな、と気が付きました。かなり臭っていましたから。鎮火《ちんか》してから、遺体のそばに一〇リットル入りのポリ容器の燃え残りを発見しましたし」

「木の根元で誰かが灯油を浴びて死んだ、とすぐにわかったわけですね？」

「わかりました」

中村副主任がうなずく。

「自殺なのか、他殺なのか、あるいは事故なのか……そういう見立てはしないわけですか？」

高虎が訊く。

「それは消防ではなく、警察の仕事ですよ」

大館係長が口許に笑みを浮かべて答える。

「素朴な質問なんですが、人間ってのは、そう簡単に燃えるものなんですかね？」

高虎が重ねて質問する。

「燃えます。皮膚が焼けてしまうと、その下に脂肪がありますからね。脂肪というのは油ですから燃焼を促進するんです。今回のように灯油を浴びて火をつけると、短時間で着衣や皮膚を焼いてしまうので、灯油と脂肪によってかなり激しく燃えたことは容易に想像できます」

中村副主任が答える。

「通常、消防調査は原因調査と損害調査の二本立てで行われますが、火災の原因そのものは明らかでしたし、損害についても、周りの樹木にいくらか被害が出た程度ですから、調査はすぐに終わりました」

「一年前、これは自殺として処理されたわけですが、こういうやり方で死のうとする人は多いんでしょうか？　統計的に見ると、あまり多くなさそうな印象なんですが」

冬彦が訊く。

「統計というと、どのようなものですか？」

「自殺の手段に関して内閣府が作成している統計です。それを見ると、首吊りが圧倒的に多く、焼身自殺は非常に少ないんです」

「なるほど、そういう比較をすると、確かに焼身自殺は少ないのかもしれませんね。しかし、火災原因という範疇《はんちゅう》で比較すると、決して少なくはありませんよ。それは分類のやり方が違っているせいなんでしょうが」

「どういう意味ですか？」

「この一件のように誰もいない公園などで焼身自殺するのは珍しいですが、自分の家に火をつけて死のうとする人は、そう珍しくないんです。自宅に火をつけても、灯油をかぶって火をつけても、その時点は放火に分類されます。いわゆる放火自殺です。周りに何の迷惑もかけず、何の被害も発生しなければ、自殺そのものは犯罪ではないので警察の調査はそこで打ち切られ、わたしたち消防だけが調査を続けます。しかし、万が一、火が燃え広がって他人に被害を与えれば、それは犯罪になります」

「失火も刑法上の犯罪として扱われますからね」

「火災現場で人が亡くなった場合、それが失火によるものなのか、放火自殺なのかという判断は消防調査だけではわからないことが多いので、よほど確実な場合でなければ放火自殺に分類しませんが、それでも少なくない数なんですよ。もちろん、首吊り自殺者とは比べられないほど少ないでしょうが、火災によって亡くなった人の全体に対する割合としては少なくありません」

「現場には中村副主任が行かれたんですよね？」

「そうです」

「最初に現場を見たとき、何が燃えていると思いましたか？」

「それはわからなかったです。ただ燃え方の激しさから何らかの燃焼加速剤を使っているな、と思いました。つまり、灯油とかガソリンなどです」

「鎮火して遺体が見付かったわけですよね？　そのことについては、どうですか？」

「火災現場で焼死体を目にすることには慣れていますから、特に何も感じませんでした。ただ現場が公園というのは珍しいな、と思いました」

八

冬彦と高虎は署に戻った。

古河から電話があり、鶴岡と脇谷が帰ってきたことを教えてくれたからだ。二人は窃盗事件の捜査中で、暇な体ではない。何か捜査に進展があれば、また出かけてしまう。その前に二人から話を聞きたいと思ったのである。

署に着くと、真っ直ぐ刑事課に向かう。

古河が鶴岡と脇谷を冬彦に紹介してくれる。高虎は二人と顔見知りだから紹介されるまでもない。特に鶴岡との付き合いは長い。

四人は応接室に移動する。ソファに坐ると、

「お忙しいところ、どうもありがとうございます」

改めて冬彦が礼を述べる。

「他の部署の人間に対しては礼儀正しいじゃないですか。身近にいる者に対しても、ぜひ、そうしてほしいもんですよ。親しき仲にも礼儀あり……ご存じですよね、頭がいいんだから？」

高虎が、ふんっ、と鼻で笑う。

「一応、心得ておきます」

「いやあ、仕事ですから遠慮はいりません。それに寺田君の頼みなら、大抵のことは聞かなければなりませんよ。いろいろ世話になってますから」

鶴岡が言うと、

「冗談じゃない。世話になってるのは、こっちじゃないですか。鶴さん、謙虚《けんきょ》すぎますよ」

高虎が慌てる。

「早速ですが、去年の一一月に永福四丁目の公園で起きた件についてお話を伺《うかが》えますか？」

冬彦が切り出す。

「焼身自殺として処理しましたが、何か問題でもありましたか？」

「問題があるかどうか、今の段階では何とも言えません。亡くなった方の友人に相談されて調べているだけですから」

「さすが『何でも相談室』ですね。本当に何でも調べるなんて驚きです」

脇谷が肩をすくめながら大袈裟《おおげさ》に首を振る。

その仕草が癇《かん》に障《さわ》ったのか、

「おい、若造、随分と嫌味な言い方をするじゃないか。警部殿に楯突《たてつ》くのは大いに結構だが、『何でも相談室』を馬鹿にするのは、おれをバカにするってことなんだぜ。わかってるんだろうな」

高虎が脇谷を睨む。

「あ……。すいません。そんなつもりはないんです。ただ……」

「何だよ?」

「あれを自殺として処理することになったのは、鶴岡さんやわたしの判断ではなく、本庁の指示なんです。鶴岡さんは、もう少し調べさせてくれと粘《ねば》ったんですが、課長が許してくれなくて」

脇谷が悔しそうな顔をする。

「本当は自分たちが調べたかったのに、今になって、おれたちが首を突っ込むのが気に入らないってわけだな」

「そうは言いませんが……」

「いいよ、わかった。さっきの発言は許してやる。その気持ちはわからないでもない」

「あの件では、脇谷君も張り切っていた。だからこそ、捜査の打ち切りを告げられて気落ちした。そのときの悔しさを思い出したんだろう」

鶴岡が脇谷を庇《かば》う。

「上層部は捜査に乗り気ではなかったということですか?」

冬彦が訊く。

「とんでもない。その逆ですよ。やる気満々でした。公園で、若い女性が焼け死んだんですからね。他殺だとすれば、こんな残虐な事件はない。事件の翌朝には本庁捜査一課の管理官が火災犯の捜査陣を引き連れて、うちの署に乗り込んできました。覚えてないか、寺田君？」

鶴岡が高虎に顔を向ける。

「恥ずかしながら記憶が曖昧で……」

高虎が首を捻る。

「連休明けだったから、現場直行という理由で昼から署に現れたんじゃないのか？」

「かもしれません」

「そうだとしたら、捜査陣が引き揚げた後だな」

「どういうことですか？」

冬彦が訊く。

「署長や副署長と管理官が捜査本部の設置について打ち合わせているとき、遺書が見付かったという知らせが届いたんです。他殺ではなく自殺なのか、と管理官も驚いて、とりあえず、捜査本部の設置は先延ばしすることになったんですよ」

冬彦に対する鶴岡の言葉遣いは丁寧だ。若いとはいえ警部だから、その階級に礼儀を払っているのであろう。

「捜査本部を設置してから、実は他殺ではなく自殺と判明したので捜査本部を解散します……なんてことになったら赤っ恥だからな」

高虎がつぶやく。

「遺書が見付かると自殺と決めつけられてしまうものなんですか？　犯行を隠蔽《いんぺい》するために犯人が遺書を偽造する可能性だってあるのに」

冬彦が疑問を呈する。

「もちろん、そう簡単に決めつけたわけではありませんよ。消防が鎮火し、そこに遺体があるとわかった直後から機動捜査隊による現場観察が開始されています……」

機動捜査隊による初動捜査の目的は迅速な犯人逮捕だ。つまり、他殺の線で動いたのだ。事件現場を保存して証拠収集に努め、現場付近を捜索して目撃者の証言を集める……これら現場観察が初動捜査の第一歩であり、現場観察がどれだけ的確になされるかによって、後々、事件解決が大きく左右されることになる。

機動捜査隊の捜査員たちは、現場に最初に到着した田中巡査に事情聴取を行って事件発生時の細かい情報を集め、周辺の地理を分析して、他殺だった場合に犯人が利用するであろう逃走経路を割り出す。徒歩、自転車、オートバイ、車など、利用したであろう交通手段別に逃走経路を分析して、その逃走経路上にある監視カメラの設置場所を調べたり、その道路沿いにある住民に聞き込みを行ったりする。

初動捜査と並行して、鑑識課の職員が現場で活動する。遺留品を集め、何か気になるものがあれば、どんどん写真撮影する。

「初動捜査では他殺を裏付けるような証拠は発見できませんでした……」

警察や消防に通報した近所の住民たちには、当然、聞き込みを行った。

しかし、公園で火災が発生したことに気が付いた者はいても、火災が発生する前に何らかのトラブルや怪しい動きがあったと証言する者はいなかった。

そもそも公園内は薄暗いので、そこで何か起こったとしても遠くからではよく見えないのだ。

防犯カメラにしても、公園そのものに向けられたものはない。図書館の入口付近にある防犯カメラがかろうじて公園の一部をとらえている程度だ。

もちろん、機動捜査隊が犯人の逃走経路を割り出すという作業を進めていたから、それを本庁の火災犯や所轄の刑事課が引き継いで地道に防犯カメラ映像の分析作業を行えば何かわかったかもしれない。

しかし、その引き継ぎが行われる前に自殺と断定されたので、防犯カメラの分析作業は行われなかったのだ、と鶴岡は説明する。

「遺書が見付かったので、捜査本部の設置が先送りされたことは事実ですが、それだけで自殺と決めつけたわけではないんですよ。ふたつ大きな理由がありました」

「教えて下さい」

「ひとつは、ご家族の証言です。警部殿は、亡くなった高橋さんが性同一性障害だったことをご存じですか？」

「はい、もちろん」

「では、地元で二度、自殺未遂騒ぎを起こしていることはご存じですか？」

「それは初耳です」

冬彦が驚く。そんな話は倉木香苗から聞いていない。

「高校生のとき、学校に行く行かないでご両親と喧嘩《けんか》になり、高橋さんは錯乱《さくらん》状態に陥《おちい》って発作的に刃物で手首を切ったそうです。傷が浅かったので、大した怪我ではなかったようですが……。高校卒業後の進路を決めるときも、本人は東京で一人暮らしをすることを主張し、ご両親はそれに反対して地元の大学に進むように説得したそうです。話し合いがこじれて堂々巡りを繰り返しているとき、高橋さんがガレージで頭から灯油を浴び、東京に出ることを許してくれないのなら死んだ方がましだから、自分で火をつけて死ぬと叫んだそうです」

「灯油を浴びて……」

「ええ、だから、高橋さんが灯油を浴びるのは初めてではないんです。ご両親の証言が得られたことで、捜査本部を立ち上げる話は消えました。しかし、それでもまだ自殺と断定したわけではありません。普通なら、そこで終わりになって当然でしたが、やはり、公園で灯油をかぶって自殺するというやり方が普通ではなかったので、念には念を入れたんです。遺書の筆跡鑑定を行いました」

「筆跡鑑定を？」

「パソコンで作成された遺書ではなく、手書きの遺書だったので筆跡鑑定が可能だったんです。高橋さんが書いたものは東京の部屋にも実家にもたくさん残っていましたから、比較する材料には困りませんでした。その結果、遺書は高橋さんが書いたものに間違いないとわかりました。それで自殺と断定され、捜査が打ち切られたんです」

「筆跡鑑定も絶対ではありませんよ」

「そうかもしれません。わたしなどは素人なのでよくわかりませんが……。筆跡鑑定は、どこに依頼したんだったかな、脇谷君？」

鶴岡が脇谷に訊く。

「ええっとですね……」

脇谷が手帳を取り出して確認する。

「科学警察研究所の文書研究室というところです。そこの室長が、本人の筆跡である確率は、ほぼ一〇〇％だと鑑定しました」

「え」

思わず冬彦が驚きの声を発する。

杉並中央署に異動を命じられるまで、冬彦は科警研に勤務していたのだ。それ故、文書研究室の優秀さを熟知している。そこの室長が一〇〇%だと言えば、間違いなく一〇〇%なのだ。つまり、遺書は高橋本人が書いたということだ。

九

鶴岡、脇谷から話を聞いた後、冬彦と高虎は「何でも相談室」に戻った。

冬彦は、手帳にメモした内容を整理しながら、時折、物思いに耽《ふけ》ったり、あちこちに電話をかけてアポを取ったりしている。

高虎はタバコを一本吸った後、腕組みして居眠りを始める。

夕方、理沙子と樋村がぐったりと疲れ切った様子で帰って来る。冬彦と高虎が焼身自殺事件にかかりきりになっているので、それ以外の「何でも相談室」に寄せられる相談案件を理沙子と樋村が処理している。昼食を摂る余裕もないほど忙しかった。

「お疲れさまです。明日は、ぼくたちもがんばりますので」

冬彦が明るく言う。

「そんな安請《やす》け合いをしていいんですか。明日になったら、また自分の扱っている件だけで手一杯になるんじゃないんですかね？」

高虎が釘を刺す。

「大丈夫です。たまたまですが、明日は誰ともアポを取れなかったんですよ。明後日から、また高橋さんの死について調べなければなりませんから、明日は安智さんや樋村君と一緒にがんばりましょう」

笑顔で言うと、冬彦は席を立って亀山係長の前に進む。

「わ、わたしに何か用なのかな？　何となく嫌な予感がするのは気のせいかな……」

うふふふっ、と亀山係長が笑う。

「大したことではありませんよ。書類の閲覧申請をしたいだけですから」

冬彦が申請書を差し出す。閲覧を希望しているのは、高橋真美の検視調書、同じく死体見分調書、同じく解剖立会報告書の三点である。個人情報の保護が厳しくなっているので、たとえ署内にある書類といえども、そう簡単に閲覧することはできないし、許可なく持ち出したり、コピーを取ることも禁じられている。

しかも、それを許可できるのは警部以上の階級で、課長以上の役職についている者だけだ。つまり、亀山係長には閲覧を許可する権限がない。印鑑を捺《お》して、上司に取り次ぐだけである。

「これ、どうしても必要なのかな？」

わざわざ訊いたのは、今現在、生活安全課の課長ポストが空席のままで、都倉《とくら》係長が課長代理を務めているものの、実際には谷本《たにもと》副署長が指示を出しているからだ。谷本副署長が冬彦を毛嫌いしていることは周知の事実で、それがわかっていないのは当の冬彦本人だけである。冬彦が閲覧申請などすれば、

「何のために、こんなものがいるんだ？」

と根掘り葉掘り詰問されるに決まっている。それを想像するだけで胃が痛くなる。

「係長」

冬彦が亀山係長の方にぐいっと身を乗り出す。思わずのけぞり、亀山係長は椅子から落ちそうになる。

「どうしても必要なんです！　明後日の朝までには必ず必要ですからね。万が一、間に合わないようなことになれば……」

「ど、どうなるのかな？」

亀山係長がごくりと生唾を飲み込む。

「署長に直談判して自分で手に入れます」

「待ちなさい、待ちなさい！　何とかするから無茶な真似をしないように」

亀山係長の顔色が変わる。谷本副署長も怖いが、冬彦はもっと恐ろしい。時として何を

しでかすかわからない怖さがあるのだ。谷本副署長の頭越しに、冬彦が白川《しらかわ》署長に直談判などしたら、それこそ副署長を激怒させることになる。そんなことになるくらいなら自分の力で閲覧許可を取る方がいい。

夜……。

冬彦が帰宅すると、母の喜代江がリビングでテレビのバラエティ番組を観ていた。お笑い芸人が下らないギャグを飛ばして観客を笑わせているが、喜代江は何の反応もせず、画面にぼんやり視線を向けているだけだ。

その姿を見ても、冬彦は驚かなかった。いつもの喜代江の姿だからだ。朝起きてから夜寝るまで常にテレビを付けており、ほとんどの時間をテレビの前で過ごしている。

「ただいま」

「お帰り」

冬彦の顔も見ずに、喜代江が言う。

「今日は外出したの？」

「しない」

「昨日の朝、散歩したからね。もう外は寒いし、うちにいた方がいいかな。風邪を引くと大変だしね」

「……」

もう喜代江は返事もしない。身じろぎもせずにテレビ画面を凝視している。

洗面所で手洗いとうがいをしてから、冬彦が台所に行く。

ガスコンロに手鍋が載っている。味噌汁だ。具材は豆腐とワカメだ。たまに刻みネギが入る程度で、味噌汁の中身は一年を通して、ほとんど変わらない。テーブルにはラップに包まれた皿がいくつか並んでいる。肉野菜炒め、納豆、大根とキュウリの漬け物、デザートにリンゴが二切れとみかんひとつ。

三日前にも同じものが夕食に並んだ。

喜代江は料理のレパートリーが少ないので、週に二度くらいは同じようなメニューがテーブルに並ぶ。

それに文句を言うつもりはない。喜代江が手抜きしているのではなく、今の喜代江には、それが精一杯だとわかっているからだ。

喜代江と賢治は冬彦が中学三年生のときに離婚した。慰謝料を払わず、冬彦の養育費も出さないという賢治の条件を喜代江は承知したが、蓄《たくわ》えが底をついてから生活が困窮《こんきゅう》し、昼も夜もパートで働かざるを得なかった。人並みの生活を送ることができるようになったのは冬彦が警察に入ってからだ。

その頃から喜代江の様子がおかしくなった。理由もなく突然泣き出したり、朝から夜までソファに坐り込んだまま口を利かなかったり、何かに興奮して急に怒り出して暴れたり、それまで見られなかった不自然な行動を頻繁に繰り返すようになった。

精神科で受診すると、長期にわたる過度のストレスによって心が病んでいるようだ、と診断された。離婚後、冬彦を育てるために必死に働いているうちに、孤独や不安、疲労や絶望感、自責などといった様々な要素が喜代江の心を蝕《むしば》んだのだ。

自分が苦しんでいるときには喜代江が支えてくれた。今度は自分が喜代江を支えてやらなければならない……そう冬彦は誓っている。

だから、夕飯のメニューが代わり映えしないことくらいで腹を立てたりはしない。かといって、食欲がそそられるわけでもないから、すぐには食事に手を付けず、椅子に坐って携帯を取り出す。着信履歴を確認すると、千里から何度も電話がかかってきている。

用件はわかっている。今の家を出て、冬彦と暮らしたいというのだ。この実家で喜代江も含めて三人で暮らすか、冬彦が実家を出て千里と二人暮らしをするしかないが、喜代江に一人暮らしさせるのは無理だから、千里を同居させるのが現実的な方法だ。

しかし、それは冬彦の独断ではできない。喜代江の了解を得る必要がある。千里に相談されてから、何度も喜代江に話そうとしたが、そのたびにためらってしまい、結局、まだ何も話していない。

冬彦は椅子から立ち上がり、台所からリビングに行く。

「お母さん、話したいことがあるんだけど、ちょっといいかな」

「……」

喜代江は、テレビ画面に顔を向けたまま返事をしない。

「大切な話だから」

冬彦がリモコンを手に取り、テレビのスイッチを切る。画面が暗くなる。その途端、喜代江が両手で自分の頭を叩きながら唸り声を発し始める。

「お母さん、何をしてるんだよ。やめろよ」

「うーっ、うーっ！」

ますます激しく頭を叩き、髪を掻《か》きむしる。

「わかったよ。わかったから、やめてくれ」

テレビのスイッチを入れる。

喜代江がおとなしくなる。姿勢を正し、何事もなかったかのように、またテレビ画面に視線を向ける。

冬彦はリモコンを置くと、台所に戻る。

携帯を手に取り、千里に電話をかけようとするが、思い直して携帯を放り出す。千里の期待に応えられそうなことを何ひとつ口にできないとわかっているからだ。電話して落胆させるくらいなら電話しない方がましだと考える。味噌汁を温めもせずに冷たいままお椀に注ぎ、炊飯ジャーからご飯をよそうと、晩ご飯を食べ始める。

一〇

一二月八日（火曜日）

冬彦と高虎は、朝から夕方までに四つの相談案件を片付けた。警察が扱うより区役所に相談した方がよさそうな案件や、その地域の交番巡査が対応すべき案件、生活安全課の職《しょく》掌《しょう》から明らかに逸脱していると思われる案件など、普通ならば相手にしないような案件も間口の広い「何でも相談室」ならば取り上げざるを得ない。

どんな案件であろうと、冬彦は熱心に取り組む。科警研から杉並中央署に異動を命じられ、刑事として現場で活動できることになったときの初々しい喜びを今でも失っていないのである。

例えば……。

スーパーで買い物をした八〇過ぎの老婆が自転車の前カゴに溢《あふ》れんばかりに食料品を押し込み、後部に一〇キロ詰めのジャガイモの箱と五キロ詰めの米袋をふたつ積んで自宅に向かっているときに転倒した。老婆は腰を打って立ち上がることができなくなり、道路に米粒が飛び散り、ジャガイモが転がった。通行人が救急車を呼んだが、老婆はストレッチャーに乗ることを拒《こば》み、這《は》い蹲《つくば》ったまま米粒とジャガイモを拾おうとした。それを見かねた別の通行人が「何でも相談室」に電話をかけた。冬彦と高虎が現場に駆けつけた。

冬彦が話を聞くと、スーパーの特売でいつもより安く食料品が買えることを知り、遠くから自転車でやって来たのだという。年金を頼りに細々と暮らしている老婆の、ほぼ半月分の食費に相当するほどの買い物をしたのだ。

「ジャガイモひとつ、米一粒だって無駄にできないんです。それがわたしの命綱なんですから」涙ながらに語る老婆に向かって、

「安心して下さい。ぼくたちがみんな拾い集めて、お宅に届けます。ですから、今は病院に行って治療を受けて下さい」

「お願いしますよ」

「約束します」

冬彦は胸を張った。

救急車が走り去ると、

「あんなちんこいばあさんがこんな大荷物を一人で運べるもんか。欲張りすぎだよ。配達してもらえばよかったのに」

「配送料が惜しかったんでしょうね。それだけ苦しい生活を強いられているということで

すよ。さあ、始めますか」

「ジャガイモは何とか拾えるにしても、米粒は無理でしょう。こんなもの、一粒一粒集められるもんか。気が遠くなる」

高虎がぼやく。

しかし、冬彦は聞き流し、四つん這いになってせっせと拾い始める。

「マジでやるのか……。くそっ、樋村と安智も呼んでやる。そうだ、係長も呼ぼう。どうせ暇なんだし、米粒とジャガイモを拾うくらいならできるからな。それにしても……」

高虎は深い溜息をつきながら、この人と一緒にいると自分が警察官だってことを忘れそうになるなあ、とつぶやく。

一一

一二月九日（水曜日）

朝礼後、冬彦と高虎は文京区《ぶんきょう》大塚《おおつか》にある東京都監察医務院を訪れ、監察医の岸田《きしだ》繁《しげる》と会った。一昨日、冬彦がアポを取ったのだ。

監察医務院の仕事は、二三区内で発生したすべての不自然死に関し、死体の検案や解剖を行って、その死因を解明することである。検案というのは、解剖することなく死体の外表を検査することで死因を明らかにすることだ。

一年間に行われる検案は、およそ一万四〇〇〇体、解剖は二千五〇〇体前後である。つまり、一日平均の検案数は四〇体弱、解剖数は七体弱になる。この検案数は二三区内で全死亡者数の二〇％近い。都内では五人に一人が原因不明の事故や病気で死亡しているということだ。

二人は応接室で岸田医師に会った。五〇代初めくらいの年格好で、痩せて背の高い銀髪の男だ。

「申し訳ありませんが、あまり時間がありません。もう現場に呼ばれてましてね。他の者たちを駐車場で待たせている状態なんです」

検案班は夏季五班、冬季六班で編成されており、呼び出しに応じて現場に向かう。ひとつの班が一日に七体前後検案し、そのうち一体は解剖することになるのだから目の回るような忙しさなのだ。

「無理を言って時間を作っていただいてありがとうございます」

冬彦が一礼する。

「いつでも忙しいんだから、無理するしかないんですよ。気にしなくて結構。その代わり、できるだけ手短に済ませましょう。去年の一二月に杉並で起こった焼身自殺について知りたいそうですね？」

「はい」

「話すことのできるのは遺体の検案や解剖に関することだけですよ。それでいいんですか？」

「それで結構です」

「書類には目を通しましたか？」

「検視調書、死体見分調書、解剖立会報告書には目を通しました」

そう冬彦は答えたものの、その三つの書類の閲覧許可を手に入れたのは、ようやく今朝である。谷本副署長の嫌がらせだ。これといった理由もないのに、ぎりぎりまで閲覧許可を出すことを渋ったのだ。

限られた時間で、高虎と二人で慌ただしく読んだが、そこには驚くべき事実が書かれていた。その内容について、高橋真美を検案・解剖した岸田医師に何としてでも直に話を聞かなければならなかった。

「わたしもざっと目を通してきました。何でも訊いて下さい」

「死因は火災による窒息死ということで間違いありませんか？」

「火をつけたときに生きていたか死んでいたか、そこに疑念があるわけですか？」

「まずは、それを確認したいんです」

「体が燃えたときに生きていたのは確かです。生活反応がありましたからね。火傷疱《かしようほう》、細小泡沫《さいしょうほうまつ》……」

生活反応というのは、人が生きていなければ起こりえない人体の変化で、火災が発生していたときに被害者が生きていたかどうかを判定するのに用いられる基本材料だ。火傷疱は生きている人間が焼かれたときにできる疱であり、細小泡沫は生きている人間が焼死したときに口から吹く白く細かい疱で、死体が焼かれたときには現れない。

「火傷の状態からも、それは明らかでしたね。消火活動が早かったので、被害者にはⅠ度やⅡ度の火傷がたくさん残ってましたよ」

火傷は、その程度によって四段階に分かれている。

Ⅲ度火傷は組織が炭化した状態なので、こうなると被害者が生きていたかどうかの判定はできない。

しかし、Ⅰ度からⅡ度の火傷を負っていれば、被害者は生きている状態で焼かれたと判断できる。なぜなら、死体には火傷ができないからだ。

「気道や肺も焼けて黒くなっていました」

「被害者が呼吸していた証拠ですね？」

「一般的に火災による焼死というのは一酸化炭素中毒による窒息死である場合がほとんどですが、この被害者も呼吸困難による窒息死だと推測されます」

「次の質問です。被害者には死亡する直前に性交した痕跡《こんせき》が認められる、と書かれていましたが、これは確かですか？」

その事実を知ったとき、冬彦と高虎は言葉を失うほど驚いた。

「ええ、間違いありません。膣内に精液が残留していましたからね。死亡する数時間前にセックスしたことは確かです。恐らく、五時間か六時間前でしょう」

「合意による性交だったのか、あるいは、レイプだったのか、その点はいかがですか？」

「レイプの場合、性器に外傷を負うのが普通ですが、外傷を確認できる状態ではなかったので何とも言えません」

「被害者が焼かれたので判断不能になったということですか？」

「そうです。下半身も焼けて、性器にも火傷を負っていましたからね」

「精液のＤＮＡ鑑定をしなかったのは、なぜですか？」

「自殺と断定されて捜査が打ち切られたからですよ。だから、それまでに調べたことを報告書にまとめたんです」

一瞬、岸田医師が眉間に皺を寄せたのは自分が非難されたように感じたからであろう。

「参考意見として先生のお考えを伺いたいことがあります」

「何でしょう？」

「この被害者は性同一性障害だったんです。そういう前提で考えると、合意の上で性交したのか、あるいは、レイプだったのか、先生なら、どうお考えになりますか？」

「それは難しい問題ですね。一口に性同一性障害といっても、その程度によっていくつかの段階がありますから。もし、この被害者が深刻な性同一性障害であったとすれば、合意の上でのセックスという可能性は低いでしょう。心だけでなく肉体的にも男性になりたいという強い願望を持っている性同一性障害の女性が男性とセックスすることを望むはずがありません。恐らく、レイプでしょう」

一二

岸田医師から話を聞いた冬彦と高虎は、神田《かんだ》方面に車を走らせる。猫田俊夫に会うためだ。猫田は神保町《じんぼうちょう》にある出版社に勤務している。営業部に籍を置いているので外回りが多いが、今日は昼過ぎに一度会社に戻るというので、その時間を利用して会ってもらうことになっている。

「何だか嫌な話になってきたなあ……」

高虎がつぶやく。

「何者かにレイプされ、そのショックで自殺したのかもしれませんね」

「確かに」

考え事をしながら、冬彦がうなずく。

「自殺なのか他殺なのかということではなく、自殺するほど高橋さんを追い詰めたのは誰なのか、つまり、誰が高橋さんをレイプしたのか、それを調べる方がいいんじゃないですかね？　もっとも……」

もっとも被害者が死んじゃったから立件は難しいでしょうが、と高虎が溜息をつく。

猫田とは会社の近くの喫茶店で会った。

もうランチタイムが終わっているせいか、店内に客の姿はまばらだ。

挨拶を交わした後、冬彦はすぐに口を開かず、じっと猫田を見つめた。身長が優に一八〇センチ以上あり、肩幅も広く、胸板も厚い、がっしりした体格の青年である。

「警部殿？」

冬彦がいつまでも黙っているので、高虎が不審そうな顔になる。

「あ……。すいません」

冬彦は、香苗の訴えを取り上げて、高橋真美の自殺について調べ直しているところだ、と猫田に説明する。

「香苗ちゃんがそんなことを……。そうか、まだ立ち直ってないんですね」

猫田がうなずく。

「倉木さんと連絡を取ってないんですか？」

「メールを送っても返信してくれないし、電話しても留守電ばかりだし……。最後に顔を合わせたのもいつだったか……」

「なぜですか？　倉木さん、猫田さん、高橋さんの三人は親友同士だったと聞きましたが」

「高橋が自殺なんかしたからですよ」

「倉木さんは自分を責めて引き籠もり生活をするようになったんですよね？　決まっていた就職も断って。そして、今もまだ立ち直っていない」

「香苗ちゃんが自分を責める必要なんかないんです。高橋には高橋の事情があったわけですから」

「失礼ですが、猫田さんにとってはショックなことではなかったんですか？」

「ぼくですか？　もちろん、ショックでしたよ」

「では、もう立ち直ったわけですね？」

「高橋のことを忘れたわけじゃないし、自分にできることはなかっただろうか、と考えることはあります。だからといって、就職もせずに引き籠もったりはできません。香苗ちゃんは親元で暮らしているから生活の心配なんかしないだろうけど、こっちは、そんな贅沢《ぜいたく》な身分じゃありませんからね。去年の春に親父が長患《ながわずら》いの末に亡くなったとき、おふくろは専業主婦、ぼくは大学生、妹は高校生でしたから。今は、ぼくが就職して、妹は大学生です。親のスネかじりをして引き籠もる余裕なんかありません」

「猫田さんが一家の大黒柱ということですね？」

「就職して一年も経ってないし、とても大黒柱なんて言えませんが、ぼくが働かなければ食っていけないのは事実です」

「倉木さんと連絡を取らなくなったのは、高橋さんの死に対する温度差が原因なんですか？」

「正直、香苗ちゃんが何を考えているのか、ぼくにはよくわかりません」

猫田は首を振りながら、タバコを吸っても構いませんか、と訊く。どうぞ、と冬彦がうなずくと、猫田はポケットからタバコの箱を取り出して、一本口にくわえる。赤と白のコントラストが鮮やかなパッケージに黒地で銘柄名が記されている。誰もが知っているアメリカの有名なメーカーのタバコだ。

それを見て、高虎が羨ましそうな顔をする。自分も吸いたいのであろう。

しかし、事件の関係者から話を聞いているときに捜査員がタバコをぷかぷか吸うわけにはいかないので何とか我慢している。

「学生時代、三人は親友同士だったわけですよね？」

「はい」

「高橋さんが性同一性障害だと知ったときは、どんな気持ちでしたか？」

「驚きました。ずっと男だと思ってたのに、いきなり、実は女ですと言われたわけですから。でも、男だろうと女だろうと高橋がいい奴だということに変わりないわけだから、そのうち、あまり気にならなくなりました」

「倉木さんは高橋さんを『高橋君』ではなく『高橋』と呼ぶようになったそうですが、猫田さんには高橋さんへの対応で何かが変わったことはありませんか？」

「そうですねえ、別になかったと思います」

「高橋さんが亡くなった原因について何か思い当たることはありませんか？」

「自殺したことを知って、ものすごく驚きました。しかも、焼身自殺ですからね。思い当たることがあれば、当然、そんなことになる前に、ぼくや香苗ちゃんが相談に乗りましたよ。ただ……」

「何ですか？　どんなことでも結構ですから教えて下さい」

「大学を出るときには、きちんと手術を受けるつもりだと話してましたが、そのことで悩んでいたようです」

「どういう手術ですか？」

「詳しくは聞きませんでした」

「悩んでいたというのは？」

「実家のご両親が反対しているようなことを聞いた覚えがあります。今にして思えば、もっと突っ込んで悩みを聞き出して相談に乗ってやればよかったと反省しています。後悔先に立たず、ですが」

「高橋さんと最後に会ったのは、いつですか？」

「ええっと……金曜日です。高橋が亡くなる三日前に大学で顔を合わせたのが最後です」

「どんな様子でしたか？」

「特に何も感じませんでしたが、今になって思い返すと、ちょっと元気がなかったような気がします。あの……申し訳ないんですが、あまり時間がなくて。取引先との約束があるものですから」

「では、最後にひとつだけ……。高橋さんに恋人はいましたか？」

「恋人？　それは、どういう……」

猫田が困惑した表情になる。

「心は男性でも体は女性だったわけですよね？」

「え？　高橋が男と付き合っていたかという意味ですか？　あり得ませんよ。手術する覚悟を決めてたんですから」

「高橋さんを恨んでいた人はいませんか？　ストーカーしていたような人間とか」

「思い当たることはありませんが……。なぜ、そんなことを訊くんですか？　高橋は自殺したんじゃないんですか」

「それを調べているところですよ」

「もういいですか？」

「もうひとつだけ、お願いします」

「でも、時間が……」

「イエスかノーで答えて下されればいいですから」

「それなら、どうぞ」

「高橋さんとセックスしたことがありますか？」

「は？」

一瞬、きょとんとした顔になるが、みるみる表情が強張《こわば》り、顔が怒りで赤くなる。

「何でそんなことを言うんですか。冗談じゃない。失礼します」

猫田が席を立ち、足音も荒く店から出て行く。

「あ〜、あ〜、また怒らせちゃったよ。まったく警部殿は人の神経を逆撫《さかな》でするのが得意ですよね」

「ぼく、何か変なことを言いましたか？　高橋さんには亡くなる直前に誰かと性交渉した痕跡が残っているわけですから、身近にいた男性に確認するのは当然じゃないですか。それに猫田さんの反応、何だか興味深かったし」

「何がですか？」

「猫田さん、最初から警戒心を露《あら》わにしてたでしょう？　気が付きませんでしたか。テーブルの上に両手を出して、指を組み合わせていた。あれは、ぼくや寺田さんを拒絶している強いサインですよ。ずっと貧乏揺すりもしてました。床の振動を感じませんでした？」

「そう言われると、そうだったかも」

「心の中の苛立ちや不安が貧乏揺すりという形で表に現れたんです」

「そうかなあ。ただの癖かもしれないでしょう。おれもよくやりますよ」

「馬券が外れたときとか、徹夜麻雀《マージャン》で負けたときでしょう？」

「そう言われると……」

「自分の運のなさや、やめた方がいいとわかっているにもかかわらずやめることができない心の弱さに対する苛立ちが現れてるんですよ。猫田さんと同じじゃないですか。わかりやすいサインなんですよ」

「……」

高虎がムッとした顔になる。

「最後の質問だって、別に怒るほどのことじゃありませんよ。過敏に反応しすぎです。しかも、明らかに目が左右に泳いでいました。嘘をついて何とかごまかそうとしたけど、うまい嘘が思いつかないので、怒りを利用して席を立って逃げ出した……そう勘繰《かんぐ》りたくなりますね」

「あの人を疑っても仕方ないでしょう。最後に会ったのは金曜日だと言ってた。高橋さんが死んだのは月曜の夜だし、誰かと性交渉したのは亡くなる数時間前だと監察医が言ってましたよ」

「猫田さんの話を信じるんですか？　嘘かもしれないじゃないですか」

「何で嘘をつく必要があるんですか？」

「犯人だからかも」

「犯人？　まだ他殺を疑ってるんですか？　もう他殺の線はないでしょう」

「なぜ、そう言い切れるんですか？」

「警部殿は、レイプ犯が高橋さんを焼き殺したと言いたいんでしょう？　でも、それはあり得ない。自殺と断定される前に鑑識が現場を調べている。被害者の周辺に争ったような痕跡は残ってなかったし、誰かが争っている叫び声や悲鳴を聞いた人間もいない。あの公園の周辺は静かだから騒ぎが起これば、誰かが耳にするはずだ。違いますか？」

「その通りです」

「レイプされたとして、それは公園ではない。他の場所だ。自宅は、どうか？　遺書が見付かって被害者の身元が判明した直後、捜査員が高橋さんの部屋に入っている。部屋にも争ったような跡や荒らされたような跡はなかった。そう捜査報告書に書いてありましたよ。警部殿だって読んだでしょう？」

「読みましたよ。だけど、公園でも自宅でもない場所でレイプされたかもしれませんよ」

「で、レイプした後、高橋さんを公園に運んで灯油をかけて火をつけたと言いたいんですか？　それは、おかしい」

「なぜですか？　理由を教えて下さい」

「ポリタンクですよ。一〇リットル入りのポリタンク。燃え残った断片に『高橋』という名前がマジックで書かれているのを鑑識が確認しています。つまり、ポリタンクは高橋さんの持ち物ってことだ。公園でも自宅でもない場所で何者かが高橋さんをレイプしたとすれば、その何者かはわざわざ高橋さんの部屋に寄ってポリタンクを持ち出したことになる。何で、そんな手間をかけるんです？　不自然じゃないですか」

「は？」

「犯人は車を使ったんだろうな……」

「高橋さんを公園に運ぶには車がいりますよね？　肩に担《かつ》いで移動するわけにはいかなかっただろうし」

「いやいや、だから、それは違うって。自殺なんだよ、自殺！」

突然、高虎が大きな声を出したので、他の客たちが驚いたように顔を向ける。

「さっき猫田さんが言ってたように親に手術を反対されて悩んでいたのかもしれないし、誰かにレイプされてショックを受けたせいかもしれないが、とにかく、高橋さんは自殺を思い立った。で、自宅からポリタンクを持ち出して公園に行き、頭から灯油を浴びて火をつけた。どうですか、何も不自然な点はないでしょう？　おれだって、最初は若い女性が公園で焼身自殺なんてするかなあと疑っていたけど、高校時代にも同じようなことをやっているわけだから、またやったとしてもおかしくはない」

「筋道が通ってる気がしますよね」

「でしょ？　もう幕引きにしましょうよ」

「ダメです。納得できません。手術して男性になろうとしていた高橋さんが男性と性交渉するのは、どう考えてもおかしいですよ。この事件の謎を解く鍵は、そこにありそうな気がする」

「おかしいと警部殿が決めつける方がおかしいでしょう」

「そうです。ぼくが決めつけるのはおかしい。だから、調べるんです。客観的な事実から真実を突き止めなくては……」

署に戻って、もう一度、この事件に関係する書類を精読しなければ、と冬彦がつぶやく。やる気に満ちて、きらきらと輝いている冬彦の目を見て、何を言っても無駄だな、と高虎は諦めの溜息をつく。

一三

一二月一〇日（木曜日）

冬彦と高虎は倉木香苗の自宅を訪ねた。

こぢんまりとした一戸建てだが、親子三人で暮らすには十分な広さだ。公務員の父親は仕事に出かけており、家には香苗と母親の二人がいた。母親は窶《やつ》れた様子で、表情に疲れが滲《にじ》んでいる。一人娘が一年も引き籠もり生活を続けていれば、心労が重なって、その苦しみが顔に表れてくるのも当然だな、と冬彦が同情する。

リビングのソファに冬彦、高虎、香苗の三人が坐る。母親はお茶を出すと、奥に引っ込んでしまう。

「頼まれたものです」

香苗が何枚かの写真をテーブルに置く。アポを取るとき、高橋の写真を貸してほしい、と冬彦が香苗に頼んでおいたのだ。

杉並中央署を訪れたときに持参していた写真は、よく撮れてはいたものの、高橋はかなり日焼けしていたし、満面の笑みだったので、逆に普段のありのままの姿を想像しにくかった。できれば証明写真のようなものがほしかった。

高橋と香苗が二人で写っている写真、高橋と猫田が二人で写っている写真、それに三人が一緒に写っている写真、それ以外に高橋が一人で写っているものもあるが、距離が遠かったり、ピンぼけだったりして不鮮明だ。それらの中から、冬彦は高橋と香苗が二人で写っている写真を借りることにした。その写真の高橋の表情が最も自然な感じがしたからだ。

「ほう……」

写真を見て、高虎が声を洩《も》らしたのは、改めて眺めても高橋がかなりの美形だからだ。瓜実顔で目鼻立ちが整っている。口がやや大きいものの、かえって、それが愛嬌《あいきょう》になっている。特に印象的なのは、アーモンド形の大きな目だ。この風貌ならば、モデルにでも女優にでもなれそうだ、と冬彦も思う。

「高橋さんの背丈は、倉木さんと同じくらいですか？」

「高橋の方が少し大きいです。一七〇くらいでしょうか。この写真を撮ったとき、わたしはヒールのついたサンダルを履いていたので同じくらいに見えるんです」

「体重は、ご存じですか？」

「ええっと、五〇キロくらいです」

「五〇キロか」

冬彦がメモを取る。

「何かわかったんでしょうか?」

「わかったと言えるかどうか……。まず、こちらからいくつか質問させていただけませんか?」

「はい。どうぞ」

「昨日、猫田さんに会って話を聞きました」

「猫田君に?」

「神保町の出版社で営業職についています。それはご存じですか?」

「知っています」

「猫田さんのメールに返信せず、電話にも出ないそうですね。なぜですか?」

「なぜ、と言われても、特に理由はありません」

「しかし、倉木さん、高橋さん、猫田さんの三人は親友同士だったんですよね? 高橋さんが亡くなったとなれば、むしろ、残った二人の絆《きずな》は強くなるんじゃありませんか?」

「そうかもしれません。どう言ったらいいのか……」

「うまく説明しようとしなくて結構ですから、心に思い浮かんだことをそのまま話してくれませんか」

「高橋が死んで、わたしはすごいショックでした。いつもそばにいたのに、どうして何もしてあげられなかったんだろう、何かに悩んでいたのなら、どうして相談に乗ってあげられなかったんだろう……時間が経つにつれて、ますますその思いは強くなりました。だけど、猫田君は、そうじゃなかったんです。最初は、わたしと同じ気持ちだったと思います。だけど、そのうち、死んでしまったのだからどうしようもない、諦めるしかない、高橋の思い出を大切にして自分たちは前に進もう……そんなことを言い出したんです。猫田君の言うことは正しいのかもしれないけど、そんな考えを受け入れることができないというか、そう簡単に親友を過去の思い出に閉じ込めることなんかできないというか……。猫田君と話すと、高橋がどんどん遠くに行ってしまうような気がして嫌になってしまって……」

「だから、メールにも電話にも対応しなくなったわけですか?」

「はい」

「なるほど……」

冬彦がメモを取る。

「次の質問です。高橋さんがどのレベルの性同一性障害者だったかということなんですが……」

肉体的な性に違和感を覚える者を広い意味で性同一性障害と呼ぶが、その深刻さによっていくつかに分かれる。

トランスヴェスタイト(TV)は服装倒錯者のことで、肉体的には男性だが女装すると満足する者、肉体的には女性だが男装すると満足する者をいう。

トランスジェンダー（ＴＧ）は服装をどうこうするだけでは満足できず、服装と共に髪型なども異性のように変えてしまい、異性として社会に出て認められたいと願う者である。男性であれば、外科手術やホルモン投与によって乳房を手に入れようとしたりするものの性転換手術までは望まない。

ＴＧが更に深刻化すると、トランスセクシャル（ＴＳ）となり、性転換手術によって肉体的に完全に異性になろうとする。ＴＳの場合、性転換手術を受けない限り、精神的な安らぎを得ることができない。最も深刻な性同一性障害である。

冬彦の説明を聞くと、

「ああ、高橋はトランスセクシャルですよ。性転換手術を受けるつもりでいました。だから、必死にバイトしてたんです。手術にはまとまったお金が必要だからって」

男性ホルモンを投与することで乳房が小さくなったり、うっすらと髭が生えたりはしていたが、それだけでは満足できず、最終的には肉体的に完全な男になることを目指していた、と香苗が言う。

「ふうん、ＴＳですか」

冬彦と高虎がちらりと視線を交わす。

高橋が手術を受けるつもりだということは猫田からも聞いたが、具体的にどんな手術をするつもりだったのか、猫田は知らなかった。

香苗の話によれば、高橋は性転換手術を志向していたらしい。

実家から生活費や学費など十分に仕送りしてもらっていたにもかかわらず、高橋がバイトに明け暮れていたのは、大学を卒業する前に性転換手術を受けるためだ。性転換手術は国内でも受けられるが、その費用が三〇〇万円以上かかる。タイに渡航すれば、手術費用を二〇〇万円くらいに抑えることができる。もっと安く受けられないこともないが、費用が安くなればなるほど手術中のリスクが大きくなり、後遺症が出る危険性も増す。自分なりに研究して、高橋は目標金額を二〇〇万円に設定していた、と香苗は説明する。

「卒業前に手術を受けて、本当の男として社会に出るのが高橋の夢だったんです。貯金が目標に近付いてきて、何とか夢をかなえられそうだと嬉しそうに話していたのに、夏が終わる頃から急に塞《ふさ》ぎ込むことが多くなって……」

香苗が涙ぐむ。

「塞ぎ込んだ理由はわかりますか？」

「訊いても教えてくれませんでした。わたし自身、心配はしていましたが、あまり大袈裟《おおげさ》に考えなかったのは、それまでも、たまに塞ぎ込むことがあったからです。元々、情緒不安定なところがあったし、ホルモン投与の影響なのか、感情の浮き沈みがとても激しかったんです。ただ、それまでは塞ぎ込んでも、何日かすると、けろっとしていたのに、去年の夏以降、ずっとそういう状態が続いていました。あの頃は、猫田君もすごく高橋のことを心配して、おれたちが力になってやろう、困っているのなら助けてやろうと言ってたんですが、結局、わたしたちには何もできませんでした。もっと真剣に悩みや苦しみを受け止めてあげていれば……それが悔やまれてなりません」

香苗が人差し指で涙を拭《ぬぐ》う。

「猫田さんの話では、ご両親が高橋さんの手術に反対していたそうですが、それで悩んでいたんでしょうか？」

「そうかもしれません。高橋にとって、性転換手術は何よりも大切なことでしたから。手術費用は何とか目処《めど》がつきそうだと話していたので、費用以外のことで悩んでいたとすれば、ご両親の説得がうまくいかなかったのかもしれません。高校生の頃から、ご両親とはたびたび衝突して、特にお父さまとの関係がぎくしゃくしていると聞きました。ご両親とどういう話し合いをしていたのか、詳しいことは知りません。秘密主義というわけではないんですが、昔のことやご家族のことをあまり話したがらなかったんです」

「高橋さんと最後に会ったのは、いつですか？」

「亡くなった日です。一一月二四日の月曜日。土曜も日曜も、そして、月曜も高橋に会ってるんです。高橋の部屋に行ったんです。虫の知らせだったのかもしれません。高橋のことがすごく気になって、じっとしていられなくて、こっちから訪ねたんです。土曜と日曜に会ったときには暗く塞ぎ込んでいたのに、月曜に会ったときはものすごく明るくて機嫌がよかったんです。その感情の浮き沈みがかえって心配で……。何か悩んでいるのなら相談してほしい、親友なんだから何でも話してほしい、と言いました。きちんと頭の中を整理したら香苗ちゃんに聞いてもらおうかな、もうすぐ何もかも解決してうまくいくはずだから、と高橋は言いました。あそこで、もう一押しすれば、話してくれたかもしれないし、そうすれば今でも生きていたかも……」

香苗が両手で顔を覆《おお》って嗚咽《おえつ》する。

高虎が冬彦の脇腹を肘《ひじ》で軽く突《つつ》く。冬彦は慌ててリュックからティッシュを取り出して、香苗に渡す。

「倉木さん、深呼吸をしましょうか。落ち着きますから」

手本を示すように冬彦が大袈裟に深呼吸し、さあ、やりましょう、と香苗を促《うなが》す。ティッシュで涙を拭いながら、香苗が深呼吸する。

落ち着きを取り戻した頃合いを見計らって、

「どうしても質問しなければならないことがあるんです。倉木さんには辛い質問かもしれないんですが……」

冬彦が言う。

「構いません。何でも訊いて下さい」

「高橋さんが解剖されたことはご存じですか？」

「はい、知っています」

「その報告書にも目を通し、昨日、高橋さんを解剖した監察医にも話を聞きました。それによると、高橋さんは亡くなる数時間前に男性と性交渉したことがわかりました」

「は？　性交渉って……」

香苗が怪訝な顔になる。

「セックスです。高橋さんの膣内に精液が残留していたんです。火災によって性器も損傷していたので、その性交渉が合意によるものだったのか、あるいは強制的なものだったのか不明ですが」

「強制的って、つまり……？」

「レイプされたということです」

「嘘……そんなこと信じられません」

「高橋さんの性交渉の相手に心当たりはありませんか？　誰かと付き合っていたとか……」

「高橋が男性と付き合っていたかということですか？　で、その相手とセックス？　あり得ません。そんなこと絶対にあり得ません！」

香苗が激しく首を振る。

「倉木さん、落ち着いて下さい」

高虎が声をかけ、ちらりと冬彦を横目で見る。このあたりでやめておけ、という合図だ。香苗の叫び声に驚いたのか、奥から母親が現れる。

「あの……いったい、何が……?」

「興奮させてしまったようで申し訳ありません。もう帰りますから」

高虎が腰を上げ、まだ何か言おうとする冬彦の口を封じ、引きずるようにリビングを出て行く。

「誰が高橋にそんなひどいことをしたの……許せない……」

香苗が泣きじゃくっている。

一四

運転席に乗り込むと、

「あの子、高橋さんのことが好きだったんだな。さっき気が付いた」

高虎がつぶやく。

「そうでしょうね。だけど、その気持ちを、たぶん、高橋さん本人にも伝えていなかったし、誰にも言ってないんでしょうね。後ろめたさがあるんですよ」

「後ろめたさって？」

「性転換手術を受けていないから、まだ高橋さんは肉体的にも戸籍の上でも女性だったわけじゃないですか。倉木さんは、女性である高橋さんを好きになることに抵抗感があったんだと思います。だから、好きだという気持ちを自分の心の底に隠していた。高橋さんが亡くなったことで、そういう自分を許せなくなったんだと思いますよ。倉木さんは高橋さんが亡くなった後の猫田さんの対応を冷たいと感じたようですが、世間一般的な物差しで考えれば、猫田さんの対応が普通で、むしろ、倉木さんの対応の方がよほど過激です。そう思いませんか？」

「確かに過激だよな。就職を棒に振って引き籠もりになっちまって、高橋さんが亡くなって一年以上経つのに、まるで何日か前に亡くなったかのようにショックを引きずっている。いくら警部殿の質問の仕方が無神経だとしても、あそこまで感情が乱れるのは普通じゃないね」

「そうです。高橋さんに対して普通ではない感情を抱いていたからこそ、今でも高橋さんへの想いを引きずっているんです。自分の気持ちを高橋さんに伝えられなかったことを後悔しているんですよ。ぼくの想像ですが……」

「署に戻りますか？」

「ちょっと待って下さい」

携帯を取り出して、冬彦が電話をかけ始める。

「猫田さん、飯田橋《いいだばし》にいるそうです。少し時間をもらいましたから会いに行きましょう」

「昨日会ったばかりじゃないですか」

「そう、昨日の反応が興味深かったですよね。倉木さんの話を聞いて、猫田さんに確かめたいことも出てきましたから」

「しつこいよねえ。その根性だけは認めますよ」

「この事件、自殺か他殺かという問題を別にしても、何だか奥が深いような気がしませんか?」

「警部殿に同調するのは愉快じゃないんですが、調べれば調べるほど嫌な感じがする。これから、もっと不愉快なことがわかりそうな感じだな」

「手を引きたいですか?」

「まさか」

高虎が首を振る。

「ここまで来たら、もう調べるしかないね。行きましょうか、飯田橋に」

ＪＲの飯田橋駅近くのカフェで冬彦と高虎は猫田に会った。猫田は苛立った様子で不機嫌さを隠そうともしなかった。

「二〇分以上は無理ですよ。取引先との約束がありますから」

腕時計で時間を確認して、猫田がぴしゃりと言う。

「去年の夏以降、高橋さんはひどく塞ぎ込んでいたそうですが、何か思い当たることはありませんか？」

冬彦が訊く。

「昨日も申し上げたように何もわからないんです。わかっていれば力になりましたよ。親友だったんですから」

「ご両親が手術に反対したせいではないか、とおっしゃいましたよね？」

「想像ですが」

「その手術が性転換手術だということは、ご存じでしたか？」

「いや、正確なことは何も知りませんでした。たぶん、そうだろうな、とは思ってましたけど、バストを小さくしたり、見かけを変えたりする手術もあるらしいので、高橋が何をしたいのか、よくわからなかったんです。どうしてわかったんですか？」

「倉木さんに教えてもらいました」

「香苗ちゃんから……」

「倉木さんは高橋さんが亡くなった当日も、その前日も前々日も高橋さんの部屋を訪ねたそうです。高橋さんのことが心配だったそうで」

「それは、わからないでもないです。三人が親友だったと言っても、いくらか温度差はあったと言うか、ぼくより香苗ちゃんの方が高橋とは親しかったと思うから。心が男だとしても、体は女のままなんだから、やっぱり、女の香苗ちゃんの方が高橋の気持ちが理解できるのかな、と思ってました」

「高橋さんは倉木さんに悩みを打ち明けるつもりでいたらしいんです。亡くなった日、そう倉木さんに言ったそうですよ」

「悩みか……」

猫田が難しい顔で首を捻る。

「昨日、刑事さんたちと話してから、久し振りに高橋のことをじっくり考えてみました。で、ひとつ思い出したことがあります。自殺とは何の関係もないかもしれませんが……」

「どんなことでも結構です。教えて下さい」

「去年の夏だったと思うんですが、バイト先で高校時代の同級生に会ったと聞きました」

「同級生に？」

「高橋はバイトに明け暮れるような生活をしていて、居酒屋やコンビニ、引っ越しの手伝いとか、手当たり次第に何でもやるという感じでしたが、突然、居酒屋のバイトを辞めると言い出したので、何か嫌なことでもあったのかと訊くと、高校時代の同級生に会っちまって、と言ったんです。ただ、それだけのことなんですけど、高校生のとき、すごく嫌なことがあって不登校になったという話を聞いてましたから、もしかしたら、それに関係していた同級生なのかな、と……」

「嫌な思い出が甦《よみがえ》って気が塞ぎ、バイトも辞めたということですか？」

「ぼくが想像しただけです。他に思い当たることがないので」

「その同級生の名前を聞きましたか？」

「いいえ」

「バイトしていた居酒屋は、ご存じですか？」

「それならわかります」


その夜……。

冬彦と高虎は下北沢《しもきたざわ》の駅前にある居酒屋を訪ねた。猫田に教えてもらった高橋のバイト先である。

チェーン店系列の居酒屋ではなく、個人で営業しているこぢんまりとした店だ。

まだ午後六時を過ぎたばかりだが、店内はかなり賑《にぎ》わっており、ざっと見回しても空席がほとんどない。冬彦が警察手帳を示して名乗ると、奥から料理人姿の大柄な中年男が出て来る。

「店長の石川《いしかわ》と申しますが、どんな御用でしょうか？」

「去年の夏まで、ここでバイトをしていた高橋さんについてお話を伺いたいんですが、覚えておられますか？」

「ええ、覚えてますよ。高橋君がどうかしたんですか？」

「亡くなったことは、ご存じですか？」

「え？　高橋君、死んだんですか」

と口にしてから周りに客がいることに気が付いたかのように、どうぞ、こちらへ、と二人を個室に案内する。ドアを閉め、木卓を挟んで向かい合い、椅子に腰を下ろすと、

「どういうことなんですか？」

「去年の一一月、永福町の公園で焼身自殺をしています。ご存じではなかった？」

「全然知りませんでした。焼身自殺っていうのは、どういう……？」

「灯油を浴びて火をつけたんです」

「そんな……」

石川ががっくり肩を落とす。

「そんな近くで死んで、しかも、焼身自殺……。何で気が付かなかったのかな。おれが気付かなくても誰か気付きそうなもんだが……。新聞には載ったんですかね？」

「載りましたよ」

「おかしいなあ。おれも女房も新聞はちゃんと読む方なんですが」

「高橋さん、ここではどう名乗っていましたか？」

「名乗っていたか？　名前ですか？　高橋真吾ですよ。違うんですか？」

「本名は高橋真美さんです」

「真美？」

「高橋さんは女性ですよ」

「はあ？　高橋君が女？　すいません、誰か別の人と勘違いしてませんか」

「これが高橋さんです」

香苗から借りた写真を石川に見せる。

その写真をまじまじと見つめ、

「確かに高橋君だ。しかし、びっくりだな。高橋君が女だなんて。でも、そう言われると、やっぱりって感じもするが」

「どういう意味ですか？」

「以前、うちの女房が『高橋君は可愛いし優しいし、よく気が付くし、まるで女の子みたいよね』なんて言ったことがあったんです。ただの冗談として聞き流しましたが」

「雇うときに履歴書を預かったりしないんですか？」

「もらいますよ。履歴書には高橋真吾って書いてあったけどなあ」

「学生証などで確認はしなかったんですか？」

「しなかったんでしょうね。今の今まで高橋君が男だと信じてたんだから」

　石川が首を振る。

「元々は、お客さんとしてうちに来てくれてたんですよ。最初から感じのいい青年だと思ってましてね。だから、バイト募集の張り紙を見た高橋君から、雇ってくれないかと頼まれたときには、おれも女房もふたつ返事でしたよ。形だけ履歴書を出してもらって、すぐに働いてもらいました」

「仕事ぶりは、どうでしたか？」

「文句なしですよ。よく働くし、気が利くし、いつも笑顔だしね。高橋君を目当てに通ってくる女のお客さんだって何人もいましたからね。辞めたいと言われたときは、何とか考え直してもらおうと説得したくらいでね。普通は、そんなことしないんですが」

「どういう理由で辞めたいと言ったんですか？」

「大学四年で卒業を控えてましたからね。卒業論文とか卒業旅行とか、うちは大学生のバイトが多いんですが、四年になると、みんな辞めますよ。四年のいつ頃に辞めるかの違いがあるだけで。高橋君も、卒論がどうとか言ってた気がするなあ。そう言われたら引き留められませんよね。こっちとしては少しでも長くいてほしかったんですが」

「辞める前、いつもと変わった様子はありませんでしたか？　元気がないとか、塞ぎ込んでいたとか……」

「気が付きませんでしたけどね」

「高橋さんが辞める直前だと思いますが、高校時代の同級生と偶然店で会ったことをご存じですか？」

「客として店に来た人ですか？」

「そうだと思います」

「いやあ、覚えてませんねえ。高橋君は人気者だったから、よくお客さんたちと楽しそうに話してましたからね」

「店で誰かと喧嘩したり、口論したということはありませんか？」

「ありませんね。そんな子じゃなかったから」

「そうですか。お仕事中、お邪魔しました。何か思い出したら連絡をいただけますか」

冬彦が名刺を差し出す。それを受け取りながら、

「信じられませんよ、高橋君が死ぬなんて。しかも、焼身自殺ですか。女房、びっくりするだろうな。高橋君が実は女だったことを知ったら腰を抜かすかもしれない」

石川が溜息をつく。

第二部　スローダンサー

一

一二月一二日（土曜日）

「あ〜、また留守電。どういうこと？　もしかして、わたしを避けてるわけ？」

携帯を耳から離すと、千里が口を尖らせる。

朝から何度も冬彦に電話しているが、まったく繫がらない。メールを送っても返信がない。仕事にのめり込みすぎて終電を逃して署に泊まり込んだのか、あるいは朝早くから休日出勤しているのか、念のために「何でも相談室」にも何度か電話してみたが、やはり、誰も出ない。

ゆうべ、また父の賢治と継母の奈津子が激しい言い争いをした。賢太と奈緒が寝付くのを待つようにリビングで喧嘩したのだ。まだ起きている千里に気を遣ったのか、最初は何も聞こえなかったが、やがて、二階の千里の部屋に聞こえるほどの賢治の怒鳴り声がした。その声に驚いたのか、賢太と奈緒が寝ている子供部屋から泣き声が聞こえてきた。千里が子供部屋を覗くと、スモールライトだけがつけられた薄暗い部屋で二人が目を覚ましてしくしく泣いている。

「大丈夫だよ。心配しなくていいからね」

「お姉ちゃん」

　奈緒が抱きついてくる。

「賢太もおいで」

　千里が声をかけると、自分のベッドを抜け出て、賢太も奈緒のベッドにやって来る。

「お姉ちゃんが一緒に寝てあげるからね」

　千里を真ん中にして、両脇に賢太と奈緒が横になる。子供用のベッドなので、かなり窮屈だ。階下からは、時折、罵《ののし》り合う声が聞こえてくる。その声を拒むかのように、賢太と奈緒は千里に強く顔を押しつけてくる。

「安心して寝なさい。お姉ちゃんがついてるから」

　千里がそばにいることで落ち着きを取り戻したのか、やがて、二人は寝息を立て始めた。

　しかし、千里はいつまでも眠ることができなかった。途切れ途切れに聞こえてくる賢治と奈津子の諍いの声を聞いているうちに、

（このままじゃダメだ、何とかしないと……）

と、千里は改めて強い危機感を抱いた。

だからこそ、今日は何としてでも冬彦に会うつもりでいた。冬彦が何をしてくれるつもりなのか、何を期待していいのか、それをしっかり見極めるつもりだったのだ。

しかし、冬彦とは連絡がつかない。

どうすればいいのか？

（どうしよう……？）

冬彦だけに頼るのではなく自分でも何かしなければならない、と千里は思う。

ふと、千里の心に、

（実家に行ってみようか）

という考えが思い浮かんだ。

今の家を出て、冬彦と二人暮らしをするのが理想だが、それが難しいことは千里にも理解できる。冬彦は喜代江と暮らしている。そう簡単に喜代江を置いて実家を出られるはずがない。千里が実家に入り、三人で暮らすというのが最も現実的な方法だ。

冬彦は反対しないだろうが、問題は喜代江の意向だ。実の母親とは言え、かれこれ一年も会っていない。その面影すら曖昧で、濃い霧の向こうにぼんやりした姿が垣間《かいま》見える
という程度なのである。

それは喜代江も同じだろう、と思う。

一緒に暮らしたいと頼んでも、すぐに承知してくれそうな気はしない。どんな事情があるにしろ、血の繋がった娘に会おうともせず、手紙も書かず、電話も寄越さないというのは普通ではないと思うからだ。

（お兄ちゃんを愛しすぎて、わたしに分けられる愛情がなくなったのね）

自分は喜代江に愛されていない……ずっと、そう諦めてきたので、物心ついてから冬彦には会いたいと思うようになり、中学生になってから冬彦に連絡を取って会うようになったが、喜代江に会おうとは考えなかった。

賢治と奈津子が別れることになれば、千里は行き場を失う。喜代江に頭を下げて、実家で生活させてほしいと頼むことになるかもしれない。

ならば、今のうちに喜代江に会っておくのは悪いことではないはずだ。喜代江が千里との同居を拒むようなら、他の生活手段を検討しなければならない。

門前に立つと、さすがに足が震えてくる。

左胸に手を当てると、心臓の鼓動が速くなっているのがわかる。

千里が大きく息を吸い、ゆっくりと吐く。それを何度か繰り返す。

（大丈夫。心配することなんかない。わたしを産んでくれた実のお母さんなんだから）

恐る恐るインターホンを押す。

応答を待つが何の反応もない。

もう一度、押す。

それを何度か繰り返すうちに、

（お兄ちゃんもお母さんも留守なのかも）

ついてないなあ、と溜息をついたとき、

「どなた？」

背後から声をかけられた。

振り返ると中年女性が怪訝な顔で千里をじろじろ見つめている。白髪交じりの髪はぼさぼさで、化粧もろくにしていないようだ。服装も野暮《やぼ》ったい。

「小早川さんを訪ねてきたんですけど」

「わたしが小早川ですけど、あなた、どなた？」

喜代江が疑り深そうな顔になる。

（これが、お母さん……？）

一一年振りに会う喜代江がどんな姿をしているのか、道々、千里は想像してきた。もう五四歳になるのだから年相応に老けているだろうとは思っていたものの、目の前にいる喜代江はまるで想像とは違っている。まるで六〇過ぎの老婆である。

「あ、あの……」

思わず声が上擦ってしまう。生唾をごくりと飲み込んで、

「千里です。小早川千里です」

両手をぎゅっと握り締め、全身を緊張させて、千里は喜代江の言葉を待つ。

喜代江は何か不思議なものにでも出会《でくわ》したかのように、やや小首を傾げて千里を見つめていたが、やがて、

「冬彦なら留守ですよ」

表情も変えず、素っ気なく言う。

「え？　それは知ってます。何度電話しても出てくれないから、たぶん、どこかに出かけているのだろうと思いました。わたし、今日はお母さんに会いに来たんです」

「お母さん？」

喜代江が眉間に皺を寄せる。

「はい。お母さんに会いに来ました」

「わたしは渋沢《しぶさわ》喜代江です。息子は小早川冬彦です。二人きりの家族です」

「……」

思いがけない言葉が喜代江の口から出てきたので戸惑いを隠すことができない。

「失礼しますよ」

千里を押し退《の》けるように、喜代江は門扉《もんぴ》を開いて敷地内に入り、後ろ手で門扉を閉め

る。そのまま玄関に向かい、鍵を開けて中に入る。その間、一度も千里を振り返ろうとしなかった。

二

真っ直ぐ帰宅する気にもならず、荻窪で丸ノ内線に乗り換えると、千里は南阿佐ケ谷で電車を降りる。念のために「何でも相談室」に電話してみるが、やはり誰も出ないし、冬彦の携帯も依然として留守電のままだ。

千里の足は自然と梅里中央公園に向かう。

いつものベンチに漆原登紀子が坐っている。背筋をピンと伸ばして、文庫本に視線を落としている。遠目に見ても、登紀子の姿勢のよさがわかる。

近付くと、文庫本には水色のカバーがかかっており、今日は「メヌエット」を読んでいるのだな、と察せられる。

人の気配を感じたのか、登紀子が顔を上げる。千里の姿を認めて笑顔になる。

「千里ちゃん、こんにちは」

「こんにちは」

千里が登紀子の隣に腰を下ろす。

「今日は元気がないのね。何かあったの？」

「……」

言葉が出てこない。その代わり、目に涙が溢れ、涙の粒が頬を伝う。

登紀子は本を閉じて、じっと千里の横顔を見つめる。しばらく黙っていたが、やがて、

「わたし、今日も『メヌエット』を読んでいたのよ。ほんの一〇ページくらいの短篇だから、あっという間に読めそうだし、もう内容を諳《そら》んじることができるほど繰り返し読んでいるから、何が面白いのか、と思われそうよね？　この小説はね、タイムマシンなのよ」

「タイムマシン？」

「そう」

登紀子がうなずく。

「これを読むと、昔に戻ってしまうの。思い出の扉の鍵が開いて、バレエを習い始めた幼い頃の自分に戻ることができるのよ。だから、小説を読んでいるというより、古い記憶を辿《たど》っているようなものね」

「バレリーナだったんですか？　何となく、そんな感じはしてましたけど」

「バレエの練習って、ものすごく大変なのよ。人並の努力をしているだけじゃダメなの。人の二倍も三倍も練習して、文字通り、血の滲むような練習をして初めて人前で踊れることができるようになるのよ。自分に自信が持てるようになると、プロになれるかもしれな

いなんて夢を持ってバレエ団に入ろうと考える。運よく入学を許されると、そこからが本当の茨《いばら》の道の始まりなのよ。自信なんて、一瞬で打ち砕《くだ》かれてしまう。だって、周りは自分より上手な人ばかりだもの。何度も逃げ出したくなったわよ」

「大変そうですね」

「ええ、朝から晩までひたすらレッスンが続く。それも辛いけど、それだけでは足りないの。他の団員が眠っているときにも練習しないとプリマドンナを目指すことなんてできないもの。そうやって少しずつうまく踊れるようになると、今度はそれを妬《ねた》んで足を引っ張ろうとする人たちに意地悪されることになる。わたし、バレエ団にいるときに、たぶん、一生分の涙を流したわね。レッスンが辛くて流した涙、いくら練習しても課題をこなすことができない悔し涙、いじめが辛くて流した涙。だけど、それだけじゃない、先生に誉められたのが嬉しくて流した涙、ステージでお客さんたちの喝采《かっさい》を浴びたときの感激の涙。いろいろな涙を流したのよ」

登紀子が遠い目をして、ふーっと溜息をつく。

「好きで選んだ道だから楽しいこともたくさんあったけど、辛いことの方がずっと多かった気がするわ。何度も挫折《ざせつ》しそうになったしね。だけど、この年齢になって自分の人生を振り返ると、たとえ辛くて悲しい経験だったとしても、それが人生の肥やしになっているのがわかるの。自分が辛い目に遭《あ》ったから、人の心の痛みもわかるし、人に優しくすることがわかるの。

こともできる。どん底まで落ちかかったことだってあるし、自分ではどうしていいかわからずに心が折れそうになったこともある。そんなとき、誰かが手を差し伸べて力添えしてくれた。そのおかげで今のわたしがある」

登紀子が千里に優しい目を向ける。

「わたしの人生は終わりに差しかかっているけど、千里ちゃんの人生は始まったばかりだから、まだわからないかもしれないけど、人生というのは最後にはプラスとマイナスがゼロになるのよ。いいことばかりじゃないし、悪いことばかりでもない。今がマイナスなら、そのうちプラスになる。人生って、でこぼこなのよ。どん底にいるときだって、そのときは辛いかもしれないけど、その経験が人生の肥やしになるのよ。千里ちゃんの悩み、わたしにはわからないし、わたしがしてあげられることはないんだけど……」

突然、登紀子がベンチに文庫本を置いて立ち上がる。

千里に向かって一礼すると、足の位置を変えずに何度か軽くジャンプする。クラシックバレエの基本中の基本、スーブルソーだ。

顎を引いて右手を真っ直ぐ伸ばし、それに合わせるように左足も真っ直ぐ後ろに伸ばす。右手の指先から爪先まできれいな一直線になったまま静止する。

まるで蝶が舞うように踊り始める。ピルエットという回転運動を入れたり、ジャンプして空中で両足を交差させるアントルシャという動きを入れたりする。クラシックバレエの知識がないので、千里には登紀子の踊りがどれほど高度なものなのか、さっぱり見当が付かないが、指先にまで神経が行き届いた優雅な踊りから目を離すことができない。

やがて、踊りが終わり、登紀子が千里に向かって一礼する。ベンチに腰を下ろす。額に汗の粒が浮かび、呼吸がいくらか荒くなっている。

「子供の頃に練習して身に付けた踊りを今でも同じように踊ることができる。これがわたしの財産であり、喜びかしら。踊ることで生活してきたわけだしね」

登紀子がにこりと笑いかける。

「……」

千里が尊敬の眼差しを向ける。公園にやって来たときの重苦しく暗い気持ちは、きれいに払拭《ふっしょく》されている。

三

「元気そうじゃないか。突然連絡をもらって驚いたが、わたしもどうしているかと心配していた。元気そうで安心した」

「元気です。まったく病気になりません」

冬彦はうなずきながら、相手の顔をじろじろ眺めている。父の賢治である。千里が喜代江に会っていなかったのと同様に、冬彦も賢治にはずっと会っていなかった。別に会いたいと思わなかったし、賢治の方から会いたいと言われたこともない。

　二年振りに顔を合わせたが、取り立てて何の感動もない。正直に言えば、賢治を懐《なつ》かしいと思ったことは一度もないのである。

　仏頂面《ぶっちょうづら》をしている冬彦と対照的に、賢治の方は如才なく笑顔を作り、冬彦の仕事のことや生活の様子などを質問してくる。いかにも冬彦に関心があるという感じだが、

（無理しなくていいのにな）

　と、冬彦の気持ちは冷めている。

　なぜなら、それが本心でないことは明らかだからである。矢継ぎ早に質問はするものの、冬彦の応答を期待しているわけではなく、つい仕事の楽しさを冬彦が夢中になって話したりすると、口許に作り笑いを浮かべながら欠伸《あくび》を嚙み殺しているのが察せられる。

　冬彦の話に興味があるのなら、視線を冬彦の顔から逸《そ》らさず、全身を耳にして話に聞き入るはずだが、賢治の視線は落ち着きなく左右に動き、まったく集中していない。ろくに冬彦の顔を見ていない。できるだけ早く、この場から立ち去りたいという本音が見え隠れする。本音がわかってしまうと、賢治の質問に真面目に答えるのが馬鹿馬鹿しくなり、

「奈津子さんと離婚するんですか？」

　ストレートに疑問をぶつける。

「突然、何を言い出すんだ」

ぎょっとしたように賢治が両目を大きく見開く。

「離婚そのものは、どうでもいいんです。口を挟むことのできる立場ではないし、何の興味もありませんから。千里をどうするつもりなのか、それを知りたいだけです」

「どうするも何も、まだ離婚なんていう話にはなっていない。ここのところ、ぎくしゃくしているのは事実だが……。千里が話したのか？」

「また浮気しているそうですね。他に女性がいるのなら、あれこれ迷うのはおかしいでしょう。あなたの性格を考えると、確実に離婚ということになりますよ。奈津子さんとの間で具体的に離婚話が出ていないのは、恐らく、あなたが離婚の条件について、あれこれ思案しているからだろうと推測できます。母と離婚したときには、ぼくの不登校が争点になったことで、あなたの浮気問題がぼやけてしまいましたよね？　おかげで慰謝料も養育費も出さずに済んだ。しかし、今度は、そうはいかないでしょう。千里の話を聞く限り、奈津子さんに落ち度はなさそうですから。そうなると、あなたの浮気が離婚原因ということになり、慰謝料はもちろんのこと、賢太君と奈緒ちゃんの養育費の支払い義務も発生する。手痛い出費ですよね？　あなたは金銭に対する執着心がとても強いから」

「あなた、あなたと嫌な言い方をするな。お父さんと呼べないのか」

賢治が舌打ちして不愉快そうな顔になる。

「初めて本音を口にしましたね。しかし、その怒りは不適切ですよ。父親らしいことをしなかった人間をお父さんとは呼べません。戸籍の上でも生物学的にも父親であることは間違いありませんが、ぼくの気持ちの上では、もう父親ではありません。他人と同じです。悪気はないんですが、それがぼくの本当の気持ちです」

「わたしだけを責めるのはお門違いだ。喜代江にも問題はあったし、今は奈津子だって……」

「やめましょう」

冬彦が手を上げて、賢治の発言を制する。

「あなたがまた家庭を捨てようとしていることを批判するつもりはありません。ぼくは部外者ですから。あなたを父親とは思っていませんが、千里は妹ですから、妹が行き場を失うようなことになっては困るんです。だから、奈津子さんと別れることになった場合、千里をどうするつもりなのか、あなたの考えを聞いておきたいんです」

「嫌な言い方ばかりする」

また賢治が舌打ちする。

しかし、冬彦の言い方が癇に障るにしても、質問の内容そのものは重大なことだから、賢治としても言葉を選んで真剣に答えなければならない。

「千里も高校二年生だ。再来年には大学生になる。学費も生活費も、わたしが出す。部屋を借りてもいいし、寮に入ってもいいだろう。生活に不自由はないはずだ。たとえ、わたしと奈津子との関係が壊れたとしても、千里が困ることはない」

「大学生になるのは一年以上先の話ですよ。それまでは、どうするんですか？」

「すぐに離婚ということにはならんよ」

「あ〜、困ったなあ」

「何が？」

「今の言葉、まるっきりの嘘ですよね」

「何だと？」

「嘘だと承知の上で嘘をつかざるを得ない。目の動き、口の動き、落ち着きのない指の動き……あなたの嘘はわかりやすすぎます。正式な離婚はまだかもしれませんが、それは離婚の条件で双方の主張が食い違っているからで、離婚そのものは避けようがないはずです。有利な条件で離婚するにはどうすればいいか、そのことで、あなたの頭の中はいっぱいで千里のことを考える余裕がない。違いますか？」

「……」

賢治は口をぽかんと開けたまま、瞬《まばた》きもせずに冬彦を見つめている。目の奥に微《かす》かに恐れと怯えの色が滲んでいる。自分の心の奥底を覗き込まれているという不気味さを感じているのであろう。

「もう結構です。あなたの考えはわかりましたから。つまり、自分のことだけを考えていて、千里のことなんか何ひとつ心配していないということがわかったという意味です。千里のことは、ぼくが考えてやることにします。失礼します」

一礼すると、冬彦が伝票をつかんで席を立つ。

「それは、わたしが……」

「あなたに奢《おご》ってもらうつもりはありません。呼び出したのはぼくですから、ぼくが払います」

にこりともせずに言うと、冬彦がレジに向かう。

四

一二月一三日（日曜日）

新幹線の自由席に坐り、流れていく景色をぼんやり眺めながら、

「何だって、せっかくの日曜日に警部殿と遠出しなければならないのかねえ。休みが潰れる上に交通費が自腹だなんて、これは一種のいじめじゃないんですかね」

と、高虎がぼやく。

高橋真美の故郷・宇都宮に赴《おもむ》き、家族の話を聞こうと冬彦が言い出したのだ。金曜の夜

のことである。高虎は気が進まなかったが、結局は冬彦に押しきられた。いつもそうなのだ。口ではかなわない。せめて出張捜査のための休日出勤という扱いにしてもらおうと亀山係長に掛け合ったが、

「バカじゃないの！　正式な捜査でもないのにそんな経費を会計課が認めるはずないじゃん。わたしだって許さないよ」

と、靖子が横槍《よこやり》を入れて騒ぎ立てたせいで駄目になった。高虎は、靖子にも口ではかなわないのだ。

そもそも、無理を承知で頼んだに過ぎない。

高虎とて警察生活が長いのだから、靖子の言うように、正式な捜査でもないのに経費で落とせるはずがないことくらいわかる。

いや、それ以前に宇都宮行きが許されるはずがないのだ。冬彦がやっていることは本来の「何でも相談室」の仕事から大きく逸脱している。ほとんど区民の雑用係と化し、何でもござれの部署とはいえ、物事には限度というものがある。

（だるまにばれたら大変だぞ……）

だるまとは谷本副署長のあだ名である。冬彦を目の敵にしており、常々、冬彦の勝手な振る舞いに腹を立てているのだ。

「ゆうべ、また麻雀をしましたね。しかも、負けたでしょう？」

「当て推量でモノを言うのはやめて下さい」

「普段に比べて、かなり目が血走ってるから睡眠不足は明らかです。タバコの臭いもきついですね。麻雀しながらタバコを吸うから、臭いが体に染みつくんですよ。タバコの臭いだけでなく、かなり酒臭い。寺田さんが深酒するのはギャンブルで負けたときと決まってますから……」

「わかった。認めます。負けました。大負けしました。泣きたいくらいに負けましたよ。だから、もうやめて下さい。ますます頭が痛くなる」

「せっかく乗馬という、いい趣味を見付けたのに、なぜ、逆戻りなんですか？　しばらくギャンブルを控えていたはずなのに。もう乗馬に飽きたんですか？」

「乗馬は、いいよ。本当にいい。全然飽きてない。できれば、もっと行きたいよ」

「行けばいいのに」

「今は、おれ以上に美香《みか》が乗馬にのめり込んでましてね」

「よかったじゃないですか。乗馬にはセラピー効果があって、馬と触れ合うと心が和《なご》むんですよ。学校のことで辛い思いをしてきたから、美香ちゃんが乗馬をするのは、とてもいいことだと思います。乗馬という共通の趣味を持つことができて、親子関係も円満になるじゃないですか」

「いいことばかりでもないんだよなあ。乗馬は金がかかるんです。二人で出かけると料金が二倍になる。毎週万馬券を取らないと、とても払いきれない」

「なるほど、それで自分は我慢して美香ちゃんを乗馬クラブに行かせているわけですか」

「そういうことです」

「だからといって、徹夜麻雀するのはやめた方がいいですよ。お金をどぶに捨てるようなものだし」

「感じ悪いなあ」

「もっと前向きに考えたら、どうですか?」

「何を?」

「所詮、巡査長の安月給でやり繰りしようというのが無理なんです。麻雀や競馬でお金を増やそうなどという幻想に惑わされず、真っ当なやり方をするべきですよ」

「副業は禁止されてるよ」

「正攻法でいくんですよ。給料アップです! 樋村君を見習って昇進試験を受けるんです。昇進すれば、昇給します。手取りが増えれば、何もかもうまくいくじゃないですか。まずは巡査部長、それから警部補……そうなれば管理職への道だって開けます」

「簡単に言うねえ」

「勉強ならいくらでも教えてあげますよ。ぼく、勉強は得意ですから。率直に言って、大して難しい試験ではありません。あんな試験に落ちる人の気が知れません」

「ありがたいお言葉です。やる気が失せますわ」

高虎が溜息をつく。

東京から宇都宮まで新幹線で一時間弱で着く。冬彦と高虎が会話を交わしたのは一〇分ほどで、あとの時間、高虎はずっといびきをかいて眠っていた。徹夜麻雀のせいで寝不足なのだ。冬彦は気にする様子もなく、メモを読み返しながら、なぜ、高橋真美は死ななければならなかったのか、と物思いに耽っている。

五

早朝、珍しく冬彦から電話がかかってきて、今日は事件の捜査で宇都宮に出張しなければならないから時間がないけれど、近いうちに会いたいと思っているし、おまえの今後のことも自分なりに考えている、と一方的に話して切った。千里は呆れたものの、背後で新幹線のアナウンスが聞こえていたから、忙しい仕事の合間を縫《ぬ》って、わざわざ電話してくれたのだな、と嬉しかった。

朝食のときから、賢治と奈津子はとげとげしい態度で接し、その雰囲気を察して賢太と奈緒も表情が暗い。居たたまれずに千里は、さっさと家を出た。その足で真っ直ぐ梅里中央公園に向かう。

登紀子と話をしたかった。

昨日、自分が抱えている悩みをすべて登紀子に打ち明けた。長い話になったが、登紀子は静かに耳を傾けてくれた。これからどうするべきか、という大人ぶったアドバイスなどせず、ただ、

「また話し相手がほしくなったら遠慮しないで何でも話してちょうだい。いつでも聞いてあげる」

と言ってくれただけだ。

その素っ気なさがかえって嬉しかった。登紀子に苦しみを打ち明けたことで胸に抱えていた重荷がすーっと軽くなった気がした。

登紀子は、いつものベンチに腰掛けて文庫本を読んでいた。今日は、ピンクのカバーだから「首飾り」を読んでいるのだな、と察せられる。自宅に一五冊のモーパッサン短篇集を置き、それぞれ違う色のカバーを付けているというが、千里はピンクと水色のカバーしか目にしたことがない。つまり、登紀子は「首飾り」と「メヌエット」しか読んでいないということだ。

「おはようございます」

千里が声をかけると、

「おはよう」

登紀子が顔を上げて千里に微笑みかける。

「隣、いいですか？」

「ええ、もちろんよ。なぜ、そんなことを訊くの？」

「だって、文庫本はタイムマシンのようなもので、本を読みながら昔の記憶を辿っているって話してたから……。もしかすると、わたし、邪魔をしているのかしらと思って」

「あら、全然そんなことはないのよ。もう何年も同じことを繰り返しているだけなんだから。昔のことを思い出すのもいいけど、それが毎日だとさすがに飽きてしまうわよ。千里ちゃんのような若い人と話す方が楽しいに決まってるわ」

「そう言ってもらえると嬉しいです」

千里がにこりと笑う。

「お兄さんと連絡は取れたの？」

「今朝、電話がきました。今日も朝早くから仕事だそうです。なかなか会えないけど、どうすればいいか、ちゃんと考えてるって言ってくれました。何だか安心しました」

「そう。よかったわね」

それから一時間ほど、千里と登紀子はベンチに腰掛けておしゃべりした。もっぱら登紀子が現役のバレリーナだった頃のエピソードだったが、登紀子の語りがうまいせいなのか、千里はまったく退屈せず興味深く耳を傾けた。

「何だか風が冷たいわね。少し早いけど、よかったら一緒にお昼を食べない？　新高円寺《しんこうえんじ》駅の向こうにおいしいパスタを出すお店があるの。ご主人と奥さんが二人でやっている小さなお店なんだけど、ピザやラザニアもおいしいし、サラダもおいしいの。ドレッシングが独特で、他では食べられない味なのよ。どう、付き合ってくれる？」

「いいですけど、ここから新高円寺駅までかなり歩きますよ。平気ですか？」

「足腰は強い方だもの。それに歩くことが今のわたしにとっての唯一の健康法だしね。痩せて体力がなさそうに見えるでしょうけど、五キロくらい歩くのは平気なのよ。もっとも、速く歩くのは無理よ。ゆっくり歩くの。時間はたっぷりあるから急ぐこともないわけだし」

二人はベンチから腰を上げて歩き出す。

道々、おしゃべりしながら、のんびり歩いたせいで新高円寺駅に着くのに三〇分以上かかった。青梅街道を渡ろうと信号待ちしているとき、

「失礼ですけど……」

背後から声をかけられる。

千里が振り返ると、小柄な老婆が小首を傾げている。老婆の視線は千里ではなく、登紀子に向けられている。何気なく登紀子が肩越しに後ろに顔を向けると、

「やっぱり、そうだ！　あんた、キャサリンだろ？　わたしを覚えてないかい。リンダだ

よ、リンダ。こんなしわくちゃばばあがリンダだなんてお笑いなんだけどさ……」

「何のことでしょう。人違いですわ。あなたなんか知りません」

その場から登紀子が小走りに立ち去る。

慌てて千里が後を追う。

曲がり角でちらりと後ろを見ると、右手に買い物袋を提げた老婆が不思議そうな顔で佇《たたず》んでいる。

登紀子は意外に足が速く、千里が追いついたのは一〇〇メートルくらい先だ。

「大丈夫ですか？」

登紀子は真っ青な顔で荒い呼吸をしており、このまま倒れるのではないか、と千里は心配したほどだ。

「ええ、大丈夫よ」

登紀子が手の甲で額の汗を拭う。

「最近、おかしな人が多いから怖いわ。何をされるかわからないもの」

「知り合いじゃなかったんですか？　親しげな様子でしたけど」

「あんな人、会ったこともない。顔も知らないし、見たこともないわ。お金でもほしかったのかしら。ああ、嫌だ。気分が悪い。千里ちゃん、申し訳ないけど、食事は今度にしましょう。わたし、家に帰って横になりたい」

「じゃあ、お宅まで送ります。心配ですから」

「ありがとう。タクシーで帰ってもいいんだけど、少し落ち着いてから帰宅する方がいいしね。歩きながら頭を冷やすわ。ひどい顔をしてるでしょう？　こんな顔を見たら、家族が心配するもの」

五日市《いつかいち》街道を渡り、いくつもの寺が集まっている一角を通り抜ける。松ノ木三丁目に入り、稲荷《いなり》神社の脇を過ぎると閑静な住宅街に出る。

「ここで結構よ。あそこだから」

登紀子が指差したのは、立派な一戸建てが建ち並ぶ中でもとりわけ人目を引く白亜《はくあ》の瀟洒《しょうしゃ》な豪邸だ。

「寄っていってほしいけど、何だか気分が悪いから今度にしましょうね。うちの家族は詮索好きだから、千里ちゃんのようなかわいい子とどうして知り合ったのか根掘り葉掘り質問攻めするに決まってる。それも煩《わずら》わしいわよね。じゃあ、ここで。送ってくれてありがとう。ご機嫌よう」

登紀子は微笑みながら軽く会釈《えしゃく》すると、そこから一人で豪邸に向かっていく。

千里は踵《きびす》を返し、新高円寺駅に戻ることにする。

このまま帰宅するのも気が進まないから、予備校で自習するか、図書館で本でも読もうと考える。

　このところ、まったく勉強に集中できず、やる気も起こらなかったが、今日は少しがんばろうと思う。

六

「今更、何を調べ直すというんですか？　わたしたちにとっては、もう過ぎたことです」

　高橋真美の父・和夫《かずお》は落ち着いた口調で言う。

　和夫の横には母の麻衣子《まいこ》が坐って、和夫の言葉にうなずいている。

　高橋家のリビングである。冬彦と高虎は、和夫と麻衣子に向かい合う位置に腰を下ろしている。弟の真一《しんいち》はソファに坐らず、リビングと隣り合っている台所にいる。キッチンテーブルの椅子に腰掛けているのだ。

（面白いな……）

　高橋真美の両親と弟の三人を、それとなく冬彦は観察している。

　和夫と麻衣子はさばさばした表情で、真美の死について調べていると聞いても、さして驚いた様子も見せず、むしろ、戸惑っている感じがする。

　真美の死から一年以上経っているから、とっくに心の整理がついているとも思えるし、うがった見方をすれば、さんざん悩み抜いてきたので、もう達観しており、何が起ころうと動じないのかもしれなかった。

　真一の反応は両親とまったく違っており、見るからに不機嫌そうだ。あからさまに苛立っており、冬彦と高虎に対しても攻撃的な態度を隠そうとしない。とは言え、もう二〇歳で大人だから、そんな態度がよくないという自覚もあるらしく、少しでも冬彦たちと距離を置くために一人だけ台所にいるのだ。

　冬彦が不思議に思ったのは、真一の敵意が冬彦と高虎だけでなく、両親にも向けられていることだ。それは両親に向ける視線の厳しさから容易に察することができた。どうやら真美の死を巡って、真一と両親の間に大きな溝が存在しているらしい、と推測する。

　一周忌も終えたばかりだし、今になって娘の死について、あれこれほじくり返すようなことをしてほしくない、と和夫が言う。「娘の死」という言い方をしたとき、真一が鋭い目で和夫を睨んだのを冬彦は見逃さなかった。どうやら真一の敵意は母親よりも父親に対して強いようだ。

「せっかく東京から来て下さったのに失礼じゃありませんか。話を聞きたいとおっしゃっているだけなんだし、それくらい構わないでしょう」

　麻衣子が言うと、あまり気の進まない様子ながら、まあ、話をするくらいなら構わないが、と和夫も承知する。

「真美さんが自殺した原因について思い当たることがありますか？」

　冬彦が訊く。

「ありません」

　和夫が首を振る。

「いや、それは正しい言い方ではないかな。思い当たることがたくさんありすぎて何が原因なのかわからない、というべきかな」

「そうかもしれないわね」

　麻衣子がうなずく。

「真美さんが性同一性障害だったからですか？」

「高校生になってから急におかしくなりましてね。自分は本当は男で、女じゃないなんて言い出して変なことばかりするようになったんですよ」

「そういう言い方をするなって。おかしくなったんじゃない。ずっと我慢してたんだよ。高校に通うようになって、それが限界に達して、どうにもならなくなったんだろう」

　真一が尖った声を出す。

「ずっと娘として育ててきたのに、いきなり男になりたいと言われて、はい、そうですか、という親がどこにいる？」

「だからって頭ごなしに怒鳴ってばかりで何が解決した？　かえって真吾を苦しめただけ

じゃないか。だから、自殺未遂したんだよ」

「何もかも、おれが悪いと言いたいのか？」

「ちゃんと話を聞いてやればよかったと言ってるだけだよ。あんたのしたことは真吾を追い詰めただけだ」

「父親をあんた呼ばわりするな。それに真吾とは誰のことだ？　真美と呼べ。おまえの姉さんだろう」

「お父さんも真一もやめなさいって。人前で親子喧嘩なんて恥ずかしい」

麻衣子が溜息をつく。

「今、自殺未遂の話が出ましたが、高校生のとき、真美さんは二度、自殺未遂を起こしていますよね？」

「最初は二年の春でした。新しいクラスになってすぐ……」

麻衣子が言う。

「何か学校で嫌なことがあり、それがきっかけで不登校になったそうですが、そのことと自殺未遂は関係がありますか？」

「もちろんですよ。悪質ないじめを受けて、真美は退学すると言い出したんですからね」

和夫が興奮気味に言う。

「退学させればよかったんだよ、あんな高校。結局、まともに通わなかったんだから」

真一が吐き捨てるように言う。

「何を言ってるの。大島《おおしま》先生が熱心に指導して下さったおかげで、きちんと卒業できたんじゃないの」

麻衣子が反論する。

「どういういじめだったんでしょうか?」

「二年のときから、高橋はおかしい、女のくせに男みたいだ、という悪口を言われていて、何て言うんだったかしら、あれ……」

麻衣子が口籠《くちご》もると、台所から真一が「レズビアン!」と大きな声を出す。

「ああ、そうそう。性同一性障害ではなく、レズビアンだと思われたみたいなんです。真美が同級生の女の子を好きになって、その子に送った手紙が教室に貼り出されてしまったんです」

麻衣子が溜息をつく。

「みんなで笑いものにしたんだ。高校生にもなってバカな奴らだ。あんな連中と一緒に通えるもんか」

真一が顔を顰《しか》める。

「真美はすっかり落ち込んでしまって、もう学校に行きたくない、退学したいと言い出したんです。でも、夫が許さなくて……」

麻衣子がちらりと和夫を見る。

「もちろん、いじめた方が悪い。真一の言うように、高校生にもなってすることじゃない。しかし、真美もおかしかった。女なのに女を好きになったり、自分は本当は女じゃないから男になりたいと言ったり……。すぐに解決できることじゃないから、時間をかけてじっくり話し合わなければならないと思いましたよ。だけど、どんな事情があるにしろ、将来のことを考えれば、そう簡単に高校をやめていいはずがない。大島先生のおかげで無事に卒業もできたし、現役で大学に合格もできたが、それはあくまで結果論に過ぎない。あのときは、退学を許したら真美が中卒になってしまう、と心配したんですよ。今時、中学しか出てなくて、どんな職業に就けますか？　何だかんだ言っても、日本は学歴社会じゃないですか。それは男も女も変わらない。どんなに腹が立つことがあるにしろ、それで退学するなんて自分が馬鹿を見るだけでしょう。違いますか？　学校に相談していじめに加わった生徒たちを叱ってもらえば一件落着になるはずだった。それなのに……」

和夫が表情を歪《ゆが》める。

「夫と話しているうちに真美が興奮して、あんな学校には行きたくない、死んだ方がましだ、と台所に飛び込んで、いきなり手首を切ったんです。大した怪我ではなかったんですが、わたしも夫も腰が抜けるくらいびっくりして、真美を刺激すると何をするかわからないと思って、そんなに嫌なら学校に行かなくてもいいと言ってしまったんです。死なれるよりは、ましですから」

「それが一度目ですか。二度目は、どんな事情だったんですか？」

「担任の大島先生がとても熱心な方で、放課後や週末に真美の補習をして下さったり、一人だけで試験を受けさせて下さったり、いろいろ便宜《べんぎ》を図ってくれたおかげで何とか卒業まで漕ぎ着けたんです。普通に授業を受けてはいませんでしたけど、家にいるときも落ち着いてましたし、模擬試験の結果も悪くなかったし、大学に進めば、当たり前の学生生活を送れるようになるのではないか、とわたしも夫も期待してたんです」

「また親父が怒鳴りまくったせいで何もかもおかしくなったんだよな」

真一が和夫を睨む。

「親が子供の心配をして悪いか。ここにだって大学はある。なぜ、わざわざ東京に行く必要がある？　一人暮らしするのが目的で、勉強のためじゃないということは想像できた。自分は女じゃない、本当は男だから、きちんと男になりたいと言ったり、自殺未遂までして不登校になった娘の一人暮らしを簡単に許す親がいるか？　目の届かないところに行かせたら何をするかわからないじゃないか。どうだ、おれが間違ってたか？」

和夫が興奮気味に麻衣子に訊く。

「お父さんの言うことは正しいと思うわよ。だから、わたしだって真美が東京に出ることに反対したんだし。だけど、もう少し穏便に話し合えばよかったと反省もしているわ」

「何を言うか。東京になんか行かせたおかげで、結局は死んじまったじゃないか！」

「まあまあ、そう興奮しないで落ち着いて話しましょう。誰かを責めているとかそういうことではなく、わたしらは事実関係を確認したいだけですから」

高虎が和夫を宥《なだ》めようとする。

「親父は瞬間湯沸かし器なんだよ。頭に血が上ると、人の話なんか聞かないからな。手首を切ったときと同じことの繰り返しだよ。自殺を考えるほど追い込んで、その揚げ句、びびって言いなりになる。それなら最初から気持ちよく許してやればよかった」

真一が憎々しげに言う。

「ガレージで灯油を浴びて、東京に出ることを許してくれないのなら火をつけて死ぬと言ったんですよ。息子が言うように、夫にもよくないところはあったでしょうけど、真美も悪かったと思います。ひとつしかない命なのに、一度ならず二度までも捨てようとしたんですから。そして、三度目で本当に死んでしまった……」

麻衣子が目頭を押さえる。

「二度目の自殺未遂の後、東京に出ることを許したわけですね？」

冬彦が訊く。

「そうです」

和夫がうなずく。

「東京で一人暮らしを始めてから、去年の一一月に亡くなるまで、何か気になることや心配なことはありませんでしたか？」

「いいえ、特に何も」

和夫が首を振る。

「実際に東京で暮らし始めると、親が思っているよりも、ずっとしっかりしているというか、きちんと生活しているのがわかりました。大学の成績もよかったですし。その点は見直したというか、わたしなりに評価しました」

「真美さんが性転換手術を受けるつもりだったことは、ご存じですよね？」

「去年の夏、帰省したときに聞きました。大学を卒業する前に手術を受けて、男として社会人になると話してました」

「反対なさったんですか？」

「反対？　いや、反対なんかしません」

和夫が首を振る。

「下手に反対なんかすると、また自殺しようとするんじゃないかと思って。なあ、そうだったよな？」

「ええ、それは本当です。真美の決意を聞かされても、わたしも夫も反対しませんでした。夫も懲《こ》りたんでしょう。落ち着いて真美の話を聞いて、好きなようにすればいいと言いました。真美は嬉しそうでしたよ。あの笑顔を見て、この子は長い間、一人で苦しんでいたんだなあ、とわかった気がしました」

「そうなんですか？」

冬彦が問うような眼差しを台所の真一に向ける。

「確かに親父もおふくろも反対しませんでしたよ。二人とも諦めたんじゃないですか。真吾も必死だったし、その気持ちが伝わったんじゃないかと思いますね」

真一が言う。

「あなた自身は、性転換手術については、どう思っていましたか？」

「おれですか？　賛成です」

「この子は、いつも真美の味方だったんですよ。真美が高校に行きたくないと言ったときも、東京の大学に進みたいと言ったときも、性転換手術をしたいと言ったときも……」

麻衣子が言う。

「では、ご家族の誰も手術には反対していなかったわけですね？」

「ええ、反対しませんでした」

和夫がうなずく。

「去年の夏くらいから真美さんがひどく落ち込んでいる様子だったと大学の同級生が話してくれましたが、その点に関して何か思い当たることはありませんか？」

「同級生というのは倉木さんや猫田君のことですか？」

　麻衣子が訊く。

「そうです」

「これといって思い当たることはありませんけど……。ねえ？」

　麻衣子が和夫に顔を向ける。

「うむ」

「真一、何か知っている？」

「いや」

　真一が首を振る。

「真美さんが司法解剖されたことは、ご存じですよね？」

「え？　ああ……知っています」

　和夫がうなずく。

「内容について説明は受けましたか？」

「してもらったと思います」

「亡くなる直前、真美さんが性行為していたことは？」

「ええ、まあ……」

「ちょっと待ってくれ。性行為って、どういうことですか？」

真一が声を上げる。

「真美さんの膣内に精液が残っていたんです。監察医の見立てでは、亡くなる数時間前に性行為をしたことは確かなようです」

「は？　真吾が男とやったってことですか？」

「何てことを言うの」

麻衣子が顔を顰める。

「真吾がそんなことをするはずが……」

そう言ってから、真一は、あっ、と声を発して顔色を変え、

「まさか……誰かに無理矢理にやられたってことですか？」

「客観的にレイプを裏付ける証拠はありません。体が焼けてしまったので」

「おかしいと思った。真吾が自殺なんかするはずがない。長い間、ずっと苦しんで、ようやく性転換手術をするところまで漕ぎ着けたんだ。もう少しで夢が実現するというときに誰が死ぬもんか。誰かが真吾をレイプして殺したってことなんでしょう？　だから、わざわざ東京から来たんじゃないんですか」

真一が身を乗り出す。

「それは違います。まだ何もはっきりしていません。自殺であることに疑問が生じているのは確かですが、他殺だと決めつけているわけではありません。再捜査すべきかどうか、

それを決めるための予備調査のようなものだと考えて下さい」

「ちくしょう!」

真一が椅子から立ち上がる。

「なぜ、おれに隠してたんだよ。一年前にわかっていれば……」

「何ができたというんだ?」

和夫が溜息をつく。

「真吾が誰かにレイプされて殺されたかもしれないのに、どうして落ち着いていられるんだよ?」

「騒ぎ立てて、どうなる? 真美は遺書を残して自殺した。高校生のときにやろうとしたのと同じやり方でな」

「でも……」

「うるさい! もう黙れ。そうやってうるさく騒ぎ立てるとわかっていたから、何も言わなかったんだ。これ以上、世間に恥をさらすような真似をしたくなかったからだ」

「恥って、どういうことだよ。誰が恥なんだよ? 真吾は、うちの恥なのかよ。自分らしく生きようとしただけじゃないか」

また、ちくしょう、と叫ぶと真一が台所から出て行ってしまう。

「見苦しいところを見せてしまって……」

和夫が苦い顔をする。

「こちらこそ、すいません。弟さんに秘密にしていたとは知らなかったものですから」

「真美のことになると、ものすごくムキになるんです。それがわかっているから黙ってたんです」

麻衣子が溜息をつく。

「先程申し上げたように、まだ断定はできませんが、自殺ではなく、何らかの犯罪被害に遭って亡くなった可能性も排除できない状況です。性転換手術には多額の費用がかかるので、必死にバイトをして貯金に励んでいたと聞きました。そのお金を狙われたという想像もできます。かなりの大金でしょうから」

「大金？」

和夫と麻衣子が怪訝な顔になる。

「どうかなさいましたか？」

冬彦が訊く。

「お金を貯めていたのは知っていますが、大金と言えるほどのお金は残っていませんでしたから……ねえ？」

麻衣子が和夫を見る。

「そうだな。通帳に残っていたのは二〇万くらいだったな」

和夫がうなずく。

「二〇万円？」

冬彦と高虎が顔を見合わせる。

それでは少なすぎる。性転換手術をするには一〇〇万単位の費用がかかるのだ。

「真美さんが亡くなった後に引き出されたということはありませんか？」

高虎が身を乗り出して訊く。高橋が死んだ後に誰かが高橋の口座から大金を引き出していたとすれば、高橋が何者かに殺害された有力な根拠になり得る。

「おい、通帳、しまってあるだろう？　刑事さんに見てもらおう。持ってこい」

和夫が言うと、麻衣子が腰を上げてリビングを出て行く。すぐに戻ってきて、どうぞ、と通帳を冬彦に差し出す。

「拝見します」

記帳されている最終ページを開く。残高は確かに二〇万少々だ。高橋が亡くなってからは家賃や電気代、ガス代、水道代、電話代などが引き落とされているだけで、誰かが現金を引き出した形跡はない。一一月の初めに二度ほど現金が引き出されているが、それぞれ一万円に過ぎない。恐らく、高橋自身が引き出したのであろう、と冬彦は考える。

「それじゃ手術費用を賄《まかな》えないでしょう」

通帳を覗き込みながら高虎が言う。

「そうですね……」

ページをめくって、それ以前の残高を見る。

「ん？」

去年の三月、残高が二〇〇万円を超えている。

しかし、四月から二ヶ月に一度ずつ五〇万円が引き出され、残高が急激に減っている。

四月、六月、八月、一〇月、四度の引き出しで二〇〇万円が減ったのだ。

「去年の四月から何度か大金を下ろしていますが、この使い道をご存じですか？」

「いいえ。何も聞いていません」

和夫と麻衣子が首を振る。

「しかし、去年の夏には性転換手術を受けるつもりだと話したわけですよね？」

「はい」

「手術費用を前払いしたってことですかね？」

高虎が首を捻る。

「写真を撮らせてもらっても構いませんか？」

「どうぞ」

和夫の許可を得て、冬彦は携帯で通帳のページを写メで撮っていく。

七
「ここで結構ですから」

表まで見送りに出ようとする和夫と麻衣子を押しとどめ、冬彦と高虎は玄関を出る。

母屋の裏からバイクの排気音が聞こえる。

冬彦が覗くと、真一がガレージでバイクをいじっているのが見えた。

「どこに行くんですか。帰るんでしょう？」

「まあ、もう少しいいじゃないですか。せっかく宇都宮まで来たことですし」

高虎の制止を振り切って、冬彦がガレージに向かって歩き出す。顔を顰めながら、高虎もついていく。

「ふ〜ん、バイクが趣味なの」

「……」

ちらりと冬彦を見上げるが、真一は手を休めることなくバイクの傍《かたわ》らにしゃがみ込んで整備を続ける。

「仕事、何をしてるの？」

「フリーター、つまり、定職のないバイト生活」

真一が自嘲《じちょう》気味に口元を歪める。

「いろいろなことに腹を立てているみたいだね」

「別に」

「自分にも真美さんにも、そして、誰よりもお父さんに対して腹を立てている」

「卑怯な奴なんだ。厄介《やっかい》なことが起こると目を背《そむ》けて、まともに向き合おうとしない。臭い物には蓋《ふた》をしろ、が信条さ。だから、長い間、真吾を苦しめることになった。真吾が死んだ今でも、それを認めようとしないで自分を正当化しようとしている」

「その気持ちはわからないでもないよ。ただね、お父さんは反省しているよ」

「親父が反省？」

真一が手を止めて冬彦を見上げる。

「確かに真美さんについて、お父さんは厳しい言い方をしていたけど、あれは真美さんを責めているのではなく自分を責めているんだよ。つまり、罪悪感の裏返しなんだ。高校に行きたくないという真美さんを叱ったこと、東京に出たいという真美さんの決意に反対したこと、その結果、真美さんが二度も自殺未遂をしたこと……そういうことのすべてにお父さんは罪悪感を持っている。あんなことをしなければよかった、そうしなかった自分を許すことができないでいる。すればよかった……そう思っているから、そうしなかった自分を許すことができないでいる。だから、そのときのことを思い出すと腹を立てる。自分自身に対して腹を立てているんだよ」

「ふうん……」

真一が立ち上がり、手に付いた油をタオルで拭う。

「今の話が本当なら素直じゃないよなあ。真吾の墓の前で謝ればいいのに」

「それができないから苦しいのだと思う」

「何が訊きたいんですか？　親父の弁護をしたいだけじゃないんでしょう」

「このガレージが二度目の自殺未遂の現場なんだよね？」

「ええ」

「それってさ、狂言だったんだよね？」

「狂言？」

「狂言自殺ということ。本当は死ぬつもりなんかないのに死ぬ振りをした。東京に出ることをご両親に認めさせるためにね。君も片棒を担《かつ》いだ。違うのかな？」

「おれは片棒なんか担いでませんよ。バカなことはやめろって説得はしましたけどね」

真一が肩をすくめる。

「話し合いでお父さんを説得できないと考えて、強硬手段に訴えたわけだよね？　初めて自殺未遂をしたとき、お父さんが不登校を認めてくれたから」

「それも狂言だったと言いたいんですか？」

「いや、そうは思わない。しかし、嫌な言い方をすると、それで味をしめたんじゃないかと思う」

「真吾が死ぬことばかり考えていたのは本当ですよ。それくらい絶望してたってことなんですけどね。高校二年の春、クラスのバカどもにレズビアン呼ばわりされたときは、マジで落ち込んでましたからね。何の関係もない人間にならどんな悪口を言われても平気だけど、自分が信じていた人間に裏切られるのは辛い……そう言って泣いてました。真吾を嘲笑《あざわら》った一人は、真吾が好きだった女の子だったわけだし。それがきっかけで自殺を考えるようになって、そんなときに親父と大喧嘩しちまったから手首を切ったんですよ。そういうやり方で自殺することを考えていたから、咄嗟《とっさ》に包丁を手にしたんです。でも、手首を切って死ぬのは、そう簡単じゃないとわかった。不登校になって時間を持て余していたせいもあるんでしょうが、どうすれば苦しまずに確実に死ねるか、ネットで調べるようになりました」

「それで焼身自殺を思いついたのかな？」

「首吊りだけは嫌だと言ってました。死んだ後の姿が見苦しすぎるからって。ガス自殺は万が一、ガスに引火して爆発したら家族を巻き込むかもしれないし、電車に飛び込んだりすると、後から多額の賠償金を請求されそうだからダメだとか真顔で話してましたよ。最後には練炭自殺と焼身自殺のふたつに絞ったみたいですね。ネットで買った練炭を押し入れに隠しているのを知ってました。灯油やガソリンなら、このガレージにいつでも置いてあるし」

「なぜ、焼身自殺を選んだんですかね？　練炭自殺の方があまり苦しまずに済みそうなのに。もっとも、どっちがいいっていう話じゃないけど……」

それまで黙って二人の話を聞いていた高虎が口を挟む。

「練炭自殺は楽そうだけど地味すぎるって言ってました。自分の苦しさをアピールするには派手な死に方がいいって……」

真一が溜息をつく。

「止めなかったんですか？」

「さっきも言ったけど、バカなことを考えるな、と説得はしましたよ。でも、聞く耳を持ちませんでしたね。東京に行くことを親父と話し合う前の晩、反対されたら今度こそ死ぬと言い張ったんです……」

その夜に交わした会話を、真一は冬彦と高虎に話す。こんな内容だ。

「どうせ反対されるに決まってる。あの頑固親父が東京に行くことを許すもんか」

「それなら死ぬ。覚悟はできてるんだ。前回は手首を切って失敗したから、今度は焼身自殺する。灯油をかぶって火をつける。本当はガソリンの方がいいんだけど、ガソリンだと爆発して、この家を燃やしてしまうかもしれないから」

「消火器で消されるよ」

「大丈夫。消火剤を浴びる頃には窒息死してる。焼身自殺って、体が燃えるから死ぬんじゃなくて、酸素を取り入れられなくなるから死ぬんだよ」

「やりたいことがあるのに死んじまったら元も子もないじゃないか」

「反対ばかりされて、手足をがんじがらめに縛られて何もできないのなら生きていても仕方ない。このまま生きてもダメなんだ。男として生きたいんだ。高橋真美ではなく、高橋真吾として生きたい。今まで、ずっと我慢してきた。これからは自分らしく生きたいんだ。わかってくれるだろう、真一？」


二度目の自殺未遂をする前夜、姉と交わした会話を思い出しながら、真一が深い溜息をつく。

「親父の性格はわかってますから、たぶん、言い争いになるだろうな、と思いました。強い覚悟を示す必要があると二人で話し合ったんですよ。親父が興奮して話し合いにならなくなったら焼身自殺をするぞ、と脅《おど》かそうと決めたんです。真吾には黙ってましたが、手違いがあるといけないので、灯油には水を混ぜて、そう簡単に燃えないように細工してきました。それを狂言と呼ぶのなら、確かに狂言なんでしょうが、もし親父がそれでも許さなかったら、いずれ真吾は本当に自殺したと思いますよ。何しろ、遺書まで書いてましたから。かなり真剣に何度も書き直したみたいです」

「遺書？」

　冬彦の表情が引き締まる。

「どんな遺書でしょうか。今でもありますか？」

「さあ、どうかな……」

　首を捻り、もしかしたら日記とか手紙の中に紛《まぎ》れ込んでいるかもしれない、と言う。

「日記をつける習慣があったんですか？」

「おれと違って几帳面な性格だったから、子供の頃から毎日きちんと日記をつけていました。毎年、一冊ずつ立派な日記帳を買って一年間、マメに書くんですよ。部屋に古い日記帳が全部揃ってます。厳密に言うと一冊だけ欠けてますが」

「どういう意味ですか？」

「去年の分はないんです。真吾が亡くなった後、部屋にある荷物をまとめてこっちに持ってきたんですが、その中に日記帳はありませんでした」

「東京では日記をつけていなかったということですかね？」

「いや、つけていたと思います。帰省するときも日記帳を持ち帰って、せっせと書いてましたから。去年の夏も、日記を書いているのを見ましたよ」

「どんな日記帳ですか？」

「本革で立派な装幀がしてあって鍵がかかるタイプです」

「遺品の中になかったんですね？」

「ええ」

「紛失したんでしょうか？」

「わかりませんが……とにかく、去年の夏にはあったけど、亡くなったときには見付からなかったということです」

「もう一度、念入りに探していただきたいのですが」

「何かの役に立つんですか？」

「約束はできませんが、日記を読めば真美さんが何に悩んでいたのかわかるかもしれないし、そうすれば、なぜ、死ぬことになったのか、その理由を知る手掛かりが得られるかもしれません」

「ふうん……」

どうしようか迷う様子だったが、すぐに心を決め、もう一度、荷物を整理して探してみます、とうなずく。

「改めて伺いますが、自殺の原因について思い当たることはありませんか？」

「ないです」

真一が首を振る。

「最後に会ったのは、いつですか？」

「去年の夏かな。夏休みに真吾が帰省したとき」

「どんな様子でした？」

「いつもと変わらなかったけど……。卒業を控えて、いよいよ手術できるとは話していたけど」

「手術費用の話はしなかったんですか？」

「お金ですか？　順調に貯まっていると聞きましたが」

「そうは思えないんですよ……」

去年の春以降、何度かまとまった金額を引き出したために預金が大きく減ったことを説明し、何のために使ったかわからないか、と冬彦が訊く。

「そんな大金を……。何も聞いてませんが、手術のために貯めていたお金なんだから、手術に関係することに使ったんじゃないでしょうか。手術費用の前払いとか……。それ以外のことに使うなんて考えられません」

「先程、高橋さんが不登校になった一件について伺いましたが、去年の夏、帰省する前、バイト先の居酒屋で、偶然、当時の同級生に出会《でくわ》したそうなんですが、そのことをご存じありませんか？　その直後、バイトを辞めているので、もしかすると同級生に出会ったことが何か関係しているのかもしれないと思いまして」

「それはないんじゃないかな」

「なぜですか？」

「いじめを受けたとき、真吾は高校を辞めたがったんですが、おふくろが言ったように担任だった大島先生がとても熱心で、そのおかげで何とか卒業できました。卒業式の前、その生徒たちと大島先生の仲介で和解したんですよ。真吾は気が進まなかったみたいなんですが、相手側もすごく反省しているというし、最後には真吾も納得したんです。おれはその和解の場にいなかったから詳しいことは知らないんですが、死ぬまで会いたくないと思っていた奴らだったけど、やっぱり、会ってよかった、と真吾は話してました。バイト先で会ったのは、山崎《やまざき》と有川《ありかわ》の二人です。どっちもびっくりしたらしいですが、二人は改めて謝って、真吾も快く許したと聞きました。人生を狂わせるような嫌な事件だったけど、それが真吾にとっては過去のことでした。山崎と有川に会ったからバイトを辞めたとか、それが真吾の死に関係しているとか、そんなことはないはずです」

「最後にひとつだけ質問させて下さい」

「真吾がレイプされたってことですか？」

「断定はできませんが」

「真吾の体は女だったかもしれないけど、真吾は男だった。心は男だったんです。だから、女の子を好きになって、レズビアンだなんて噂を立てられたんです。真吾が男を好きになったり、男とセックスしたりするはずがない。あと少しで性転換手術ができるところまで来てたのに、なぜ、そんなことをするんですか？　誰かが無理矢理ひどいことをしたんだ。そいつが真吾を殺したに決まっている」

八

高橋家の訪問を終え、てっきり東京に帰るのかと思っていたら、

「ここまで来たんですから、大島先生に会っていきましょうよ」

と、冬彦が言い出した。

「高校時代の話なんか聞いても仕方ないでしょう」

「大島先生に会うことで、高橋さんが自殺なのか他殺なのか、その手掛かりが得られるとは期待してませんよ。だけど、個人的にものすごく高橋さんに興味があるんです。高橋さんのことをもっと知りたいという気持ちなんですよ。幼い頃から自分の性に苦しんで、高校生になって自殺未遂するほど精神的に追い込まれて、それでも男になるという夢を実現させるために東京に出て必死にバイトしていたわけじゃないですか。その高橋さんが、なぜ、死んだのか？　その理由が知りたいんです。不謹慎な言い方かもしれませんが、自殺

なのか他殺なのか、それはどうでもいいんです。もちろん、他殺だったら犯人を逮捕するつもりですけどね。とにかく、高橋さんの死の真相を解き明かしたくて、うずうずするんです。そうすることが倉木さんや弟さん、ご両親を救うことにもなります。みんな、高橋さんの死を今でも引きずって辛い思いをしています。寺田さんは真相を知りたくないんですか？」

「知りたくないわけじゃありませんが、いきなりじゃ、アポも取れないでしょう。日曜日だから学校にも来てないだろうし」

「そのときは、そのときです。まずは電話してみましょう」

高橋が通っていた高校の電話番号は手帳にメモしてある。携帯で電話をする。

留守番電話の設定をしていないのか、いつまでも呼び出し音が続く。三分が過ぎて、さすがに高虎が焦《じ》れ始め、

「もうやめましょうよ。日曜日なんだから学校には誰もいませんよ」

「そうなのかなあ……」

冬彦が諦めかけたとき電話が繋がった。

「恐れ入ります、小早川と申しますが大島先生はいらっしゃいませんでしょうか？　え？　大島先生ですか？　いやあ、ラッキーです……」

冬彦は高虎を見て、にや～っと笑う。

高虎はむっつりと口をへの字に曲げている。

「お忙しいのに時間を取っていただいてありがとうございます」

冬彦が頭を下げる。やや面倒臭そうな顔で、高虎もそれに倣《なら》う。

「いいえ、とんでもない。わたしで役に立つのなら何なりと訊いて下さい」

冬彦と高虎の向かい合わせに応接室のソファに坐っているのは大島雄治《ゆうじ》教諭である。高橋が高校生のときの担任だ。冬休み前に、成績が思わしくない生徒たちのために休日返上で補習していたのだという。たまたま必要な教材を取りに職員室に戻ったときに冬彦の電話を取ったのである。補習が終わるのを待ってくれるのなら、という条件で大島教諭は面会を承知してくれた。結果的には、高校に着いてから三〇分ほど待っただけで済んだ。

（ダメだなあ……）

冬彦は心の中で反省する。

目の前にいる大島教諭が冬彦の想像とまるで違っていたのである。中年か、もしくは初老の人情味溢れる地味な教師像を思い描いていた。

しかし、実際に冬彦と高虎の前にいるのは、日焼けして精悍《せいかん》な顔立ち、肩幅が広く、引き締まった体つきの三〇代半ばくらいの男性である。身長も一八〇くらいはありそうだ。

高橋の死について調べ直しており、調査の一環として高橋の実家を訪ねてきたところだ、と冬彦が説明する。

「ご両親も、さぞ力を落とされたと思います。多くの苦難を乗り越えて、ようやく、これからというときに自ら命を絶ってしまったわけですから」

大島教諭が沈痛な表情になる。

「先生も、やはり、高橋さんは自殺したと思われますか？」

「違うんですか？　そう聞かされたので、そう信じていましたが」

「自殺した理由がわからないんです」

「遺書があったと聞きました。それを見たわけではありませんが、葬儀に参列したとき、ご両親から聞かされたんです」

「これが遺書です」

冬彦が携帯を差し出す。高橋の遺書を写メに撮ってあるのだ。

「拝見します」

大島教諭が液晶画面にじっと目を凝らす。

願いがかなわないのなら、もう生きている意味はありません……

無言で液晶画面上の遺書を読んでいたが、やがて、ふーっと大きく息を吐くと、ありがとうございます、と冬彦に携帯を返す。

「あの子は人生に絶望していました。わずか一六歳で人生に見切りを付けたんですよ。生きている意味がないなんて……たった一六年生きただけで、そんなことを口にしていいはずがない。そう思いませんか？」

「だから、退学を止めたんですか？」

「差し出がましいとは思いましたが、どうしても放っておけなかったんです。しかも、いじめが原因だなんて……。高橋の心に傷が残るだけではない。いじめた方だって無傷では済みませんよ。社会人になり、自分も子供を持つようになれば、自分がどれだけ罪深いことをしたか悟ることになる。そのときになって後悔しても遅い。高橋には、出席しなくてもいいから、とにかく高校に籍だけは残すように説得して、いじめた側には根気強く反省を促しました」

「それで、卒業前に高橋さんと、高橋さんをいじめた生徒たちを和解させたんですか？」

「そうです。お互いのために、それが最良の方法だと思いましたから。その頃には、いじめた生徒たちも自分たちのしたことを深く反省して、高橋に謝罪したいという気持ちになっていましたし、高橋の方も、ようやく、いじめで負った傷が回復し、謝罪を受け入れる心構えができていたんです」

「……」

冬彦がじっと大島教諭を見つめる。熱く語りながら、さりげなく前髪を掻き上げる。その動作が、いかにも、

(おれって、イケてるよな)

という空気を醸《かも》し出すのである。自分がイケメンだと十分に意識して、いかに自分を魅力的に演出するかという術《すべ》に長《た》けている気がする。ひとことで言えば、ナルシストなのだ。こういうタイプの男が地方の公立高校で熱血教師として高く評価されていることに冬彦は違和感を覚える。それが大島教諭の本質なのか、それとも、演じているだけなのか、それは判断できない。

しかし、不登校になった高橋を励まして支え、卒業まで辛抱強く指導したのは事実である。生半可な覚悟でできることではない。

冬彦自身、中学生のとき、不登校になったが、そのときの担任教師がしたことといえば、連絡事項をまとめたプリントや学習教材を宅配便で送ってくれたことくらいである。今になって振り返ると、それが取り立てて冷たい仕打ちだったとは思えない。その担任教師にしても、多くの仕事を抱えて、日々、時間に追われて職務をこなしていることを考えると、それが精一杯だったのだろうと理解できる。

だからこそ、高橋に対する大島教諭の対応が、ある意味、度を過ぎているような気がするのだ。

「高橋さんと最後に会ったのは、いつですか？」

「去年の夏ですね。今日と同じように補習をしていたら、高橋が訪ねてきました」

「何か用があったんですか？」

「散歩がてらふらふらしていて、近くまで来たから寄ってみたと言ってました」

「何かに悩んでいる様子でしたか？」

「そんな感じはしませんでした。ごく普通に話をして……補習をしていたので、あまり長く話すことはできなかったんですが、すぐに帰りましたよ」

「それが最後ですか？」

「ええ。卒業も近いことだし、一度飯でも食べるか、と誘ったんですが、それきり連絡もないので忘れていました」

「亡くなった聞いたときは驚いたでしょうね」

「びっくりしました。自殺するほど悩んでいたのなら相談してほしかったですね。とても残念です」

大島教諭が溜息をつく。

九

「ああ、ようやく東京に帰れる」

新幹線の座席に腰を沈めて、高虎がふーっと大きく息を吐く。

「念のために訊きますが、今日の仕事はこれで終わりですよね？　東京に戻ってから、また聞き込みに回るなんてことはありませんよね？」

「ありません。これで終わりです」

「それなら、ビールを飲んでも構いませんかね？」

「どうぞ」

冬彦がうなずく。

「それを聞いて安心した」

レジ袋から缶ビールを取り出し、プルトップを引いてビールを飲む。

「うめえ……」

目を細め、しみじみとビールを味わう。

「警部殿もいかがですか？」

別の缶ビールを差し出す。

「ぼくは結構です」

冬彦はリュックからパック入りの野菜ジュースを取り出して飲み始める。

「それなら、これをどうぞ」

トレイの上にさきいかや柿ピーを並べる。

「ありがとうございます。でも、これがありますから」

リュックからおにぎりを取り出し、ラップをはがして食べ始める。

新幹線が動き出すと、

「今日は収穫があった、と言えるんですかね？」

高虎が口にする。

「真相に近付くどころか、ますます謎や疑問が増えたような気がするんですが」

「そうですね……」

冬彦が手帳を開く。

「気になることをメモしてるんですが、わからないことが増えてますね」

「遺書が見付かったから自殺として処理されたわけだけど、裏返すと、遺書がなければ高橋さんが自殺した理由が何も見付からない。遺書が偽物だというのなら話は簡単なんだけど本物だっていうしなあ」

ビールを飲みながら高虎が小首を傾げる。

「筆跡鑑定をしたのなら、まず間違いないでしょう。偽物ということは考えられません。本物なんでしょう。もっとも……」

「何です？」

「手書きの遺書というのがちょっと引っ掛かるんですよね。最近の若者なら、遺書もパソコンで書きそうな気がしませんか？　だって、手紙なんか書かないでしょう？　何でもメールで済ませてしまうし」

「それは人それぞれでしょうよ。遺書をパソコンで書くなんて、おれは嫌だなあ。何だか、あっさりしすぎてるじゃないですか。最後くらい自分の手で書きたいですよ」

「そうかもしれませんね」

冬彦がうなずく。

「てっきり親に手術を反対されたのが自殺の理由なのかと思ってたけど、そうじゃなかったしね」

「猫田さんもそう言ってましたからね」

「おれたちに嘘をついたんですかね？」

「嘘をついたと決めつけることはできないでしょう。なぜ、自殺したのか何か思い当たることはありませんか、とこっちが質問して、あれこれ考えて教えてくれたわけですから。猫田さん自身、はっきりとした理由はわからないんでしょう」

「手術に反対されたことではなく、何か医学的な問題で手術することに不都合が生じて、それで悩んでいた、という可能性もありますかね？」

「寺田さん、冴《さ》えてるじゃないですか。素面《しらふ》のときより、ずっと冴えてる。少しくらい酔っ払ってる方が優秀ですね」

「素直に喜べない言葉だなあ」

　高虎が嫌な顔をする。

「なぜ、バイトを辞めたのか、その理由もわかりませんね」

　冬彦がメモに視線を落としながら言う。

「それが重大なことですかね？　居酒屋の大将だって、四年になれば卒論準備で忙しくなるから、学生はバイトを辞めると話してたじゃないですか。高橋さんも同じでしょうよ」

「てっきり高校時代の同級生に出会ったせいで辞めたのかと思ったんですけどね」

「和解したんでしょう。あの先生の努力で」

「大島先生か……。寺田さん、あの人をどう思いましたか？」

「高橋さんのご両親や弟さんがあまり誉めるから、内心、胡散臭《うさんくさ》い教師じゃないかと思ってたんだけど、今日だって日曜なのに補習を買って出たというし、本当に熱心で、いい先生なんじゃないのかな。何か気になるんですか？」

「思い過ごしかなあ。何か隠しているような気がしたんですよ」

「何を隠すっていうんですか？　たとえ何かあるにしても、高橋さんと大島先生の接点は高校卒業の頃にまで遡《さかのぼ》るわけでしょう。何年も前の話じゃないですか。少なくとも自殺とは関係ないんじゃないですか」

「そうかもしれないなあ。やっぱり、関係ないかなあ……」

冬彦が首を捻る。

「珍しく弱気じゃないですか。いいんですよ。誰だって間違いを犯す。わからないことだってある。警部殿だって例外じゃない」

高虎が二本目の缶ビールを飲み始める。

「手術のために貯めたお金を何に使ったのか、というのも謎ですよね？」

「手術費用を分割で前払いしたんじゃないんですか？　性転換手術って、二、三〇〇万かかるんでしょう。金額的には一致するじゃないですか」

「手術に関する手続きをまだ詳しく調べてないので何とも言えませんが、そういうやり方があるのかもしれませんね。二〇〇万だと国内での手術は無理そうだから、外国で手術するつもりだったのかもしれない。ひとつ気になるのは、お金を引き出した時期と、高橋さんが塞ぎ込んでいた時期が一致することです。偶然なんでしょうか？」

「四月から一〇月まで、二ヶ月に一回ずつ五〇万を引き出したんですよね？」

「そうです」

「手術費用ではないとすると、それが自殺の理由を知る手掛かりになるかもしれないね。自殺、もしくは他殺のね」

「やっぱり、寺田さん、冴えてるじゃないですか。普段は大して役に立つことを言わないのに、アルコールが入ると名探偵に変身するなんてすごいな。感心していいかどうか迷いますが」

「ひと言多いんだよねえ。おれのことはいいから、次に行こう。他にも謎があるよね、大きな謎が」

「酔い潰れて寝てしまう前に名探偵の推理を聞かせていただきましょう。ある意味、最大の謎は、亡くなる数時間前に高橋さんが性行為をした痕跡があることです。それを、どう思いますか？」

「性同一性障害という事実がなければ、それほど重大な問題ではないよね。この世の名残にセックスしたいという人間だっているだろうし。しかし、高橋さんの場合、それは考えにくい。というか、あり得ない。手術で男になろうと必死にもがいていた高橋さんが、なぜ、最後の最後に男とセックスする必要があるのか……」

「やはり、レイプですか？」

「う〜ん、わからない……」

目蓋が重そうで、高虎の目がとろんとしてくる。

いつの間にか缶ビールを三本も空けている。

「ああっ……酔っ払いすぎて、いつものあまり役に立たない寺田さんに戻ってしまう。名探偵だったのは、ほんの一瞬だったなあ」

「眠くてたまらん」

「どうぞ寝て下さい」

「最後にひとつだけ……」

「何ですか？」

「刑事の勘とでも思ってほしいんだけど、この一件、おれは自殺ではないような気がするんですよ」

「他殺ですか？」

「他殺なのか、何らかの事故なのか……。いずれにしても自殺ではない。そうだとすると、もう刑事課にバトンタッチした方がいい。証拠がないにしても、これだけ怪しい材料が揃っていれば再捜査を承知してくれるでしょうよ。おれたちは本来の『何でも相談室』の案件を……」

高虎が目を瞑《つむ》る。とうとう眠気に耐えられなくなったらしい。すぐに口からいびきが洩れ始める。

「名探偵、最後の名推理か。寺田さん、寝てしまったな……」

冬彦はシートに深く腰を沈め、もう一度、手帳のメモを読み返す。パズルのピースは集まっているが、そのパズルの全体像がわからないというもどかしさを感じる。それに肝心な部分のピースが欠けているような気もする。

（やはり、自殺に見せかけた他殺という線が濃厚なのかな。とすると、殺人の動機はお金なのか？　しかし、一度に貯金が減っているのではなく、何度かに分けてお金は引き出されている。何に使ったお金なのかな。それがわかれば事件の真相も……）

物思いに耽っているうちに、いつしか冬彦も眠り込んでしまう。その横で、高虎が口の端から涎《よだれ》を垂らして眠りこけている。

一〇

夜。

冬彦が帰宅する。

喜代江はいつものようにリビングでバラエティ番組を観ている。

「ただいま」

「お帰り」

「外出した？」

「昨日、買い物をしたし、わざわざこんな寒い日に外出しなくてもいいかな」

手洗いとうがいをしようと冬彦が洗面所に行こうとする。

「昨日、来たよ」

「来たって、誰が？」

「あんたの妹」

「千里のこと？」

「そう」

「なぜ、昨日、言わなかったの？」

「忘れてた」

「……」

十何年ぶりかで娘が訪ねてきたことを忘れる母親がいるだろうか……さすがに冬彦が呆れる。

今朝、電話したとき、千里も何も言ってなかったな、どうしてだろうと訝《いぶか》しむが、よくよく考えれば、電話したといっても、冬彦が一方的に用件を伝えただけで電話を切ってしまい、千里の話など何も聞かなかったのである。

千里の話題が出たので、千里との同居について、それとなく探りを入れてみようかと考え、賢治と奈津子が不仲で、もしかすると別れることになるかもしれない、そうなると千里が行き場を失ってしまうので、千里をこの家に住まわせてやれないだろうか、と冬彦が話す。

喜代江は何も言わずにテレビに顔を向けているが、しばらくして、ようやく、

「どうしてもなの？」

と口を開く。

「千里も困るだろうし、父親を頼ることができないのなら、ぼくたちが力を貸してやりたいと思うんだよ」

「わたし、知らない人と住むのは嫌よ」

「知らない人じゃないよ。千里だよ。ぼくの妹であり、お母さんの娘じゃないか」

「今は知らない人よ」

「お母さん……」

「どうしても一緒に住むというのなら……」

「何？」

「わたしは死にます」

「……」

冬彦が息を呑む。

喜代江は表情も変えず、少しも興奮した様子もなく、バラエティ番組を観ている。

冬彦は洗面所で手洗いとうがいをすると自分の部屋に入る。食欲はない。ごろりとベッドに横になる。

天井を見上げていると、知らず知らずのうちに口から溜息が洩れる。最も身近な存在で、誰よりも一緒にいる時間が長いのに、冬彦は喜代江が何を考えているか、よくわからない。表情にも仕草にも、何の感情も表れないからだ。

さっき、わたしは死にます、と喜代江が言ったとき、冬彦は背筋が寒くなった。本気だと直感したからだ。強引に千里を同居させようとすれば、きっと喜代江は死ぬに違いない、と確信したのである。

それを承知で千里を同居させるわけにはいかない。しかし、それでは千里の行き場がなくなってしまう。どうすればいいのか……答えが見付からず、途方に暮れていると携帯の着信音が響いた。面倒だな、と思いながら電話に出る。

「はい、小早川です」

「お兄ちゃん？」

「千里か」

ちょうど千里のことを考えているところだったので、ちょっと驚く。

「あのさ……」

「どうかしたのか？」

「うん……」

「また二人が喧嘩したの？」

千里の声が沈んでいることに冬彦も気が付く。

「奈津子さんなんだけど、賢太と奈緒を連れて実家に戻っちゃった」

「え」

「……」

「賢治さんは？」

「まだ帰ってない。帰って来るかどうかもわからない」

「おまえ一人なのか？」

「うん」

「……」

こういうとき、千里にどんな言葉をかけてやればいいのか、千里のために自分はどう行動すべきなのか、必死に考えるが、頭の中が混乱して何も言葉が出てこない。

「あ……。お兄ちゃん、いいんだよ。そんなに心配しないで。わたし、大丈夫だから。とりあえず知らせておこうと思っただけ。正式に離婚するにしても年が明けてからだろうし。それまでは、わたしもこの家にいられると思うよ」

「だって、一人なんだろう？　生活できるのか」

「それは平気だよ。奈津子さんがいなくても何とかなるよ。もうすぐ冬休みだしね。お父さんは、元々、あまりうちにいない人だから、こっちも当てにしてないから」

「それならいいけどな」

「日曜まで仕事をして大変なのに、わたしのことで悩ませてごめんね。お兄ちゃん、こういう家庭内の揉め事が一番苦手なのに」

「……」

自分が慰めてやらなければいけない立場なのに、かえって千里に慰められている……それが何とも情けなく、冬彦は深い溜息をつく。

二

一二月一四日（月曜日）
刑事課の応接室に七人の男たちが顔を揃えている。
刑事課の横田裕次郎《よこたゆうじろう》課長、古河祐介主任、中島敦夫、鶴岡、脇谷、それに冬彦と高虎だ。高橋真美の死に関して見付かった多くの疑問点をひとつずつ冬彦が説明し、その上で、刑事課が再捜査するべきではないか、と提案する。

古河と鶴岡は熱心に聞き入り、中島と脇谷は絶え間なくペンを走らせてメモを取っている。横田課長だけがさして興味もなさそうな顔をしている。

冬彦の説明が終わると、古河と鶴岡が質問をする。ひとつひとつの質問に冬彦が丁寧に答える。その答えに納得すると、

「警部殿がおっしゃるように、この件には不自然な点が多いようです。うちが引き継いでもいいんじゃないですか？」

古河が横田課長の顔を見る。

「わたしもそう思います」

鶴岡がうなずく。

「疑問があることは認めるが、それだけで再捜査はなあ……。本人直筆の遺書があるのが決定打だな。遺書が捏造《ねつぞう》された証拠でもあるのなら話は別だが……」

横田課長が首を捻る。

「高橋さんが自殺する理由は何も見付からないのに、他殺を疑わせる事実はいくつもあるんですよ。多額の現金が不自然な形で引き出されていることとか、性同一性障害者である高橋さんが亡くなる直前に性交渉を行った痕跡とか……たとえ一年前の事件だとしても刑事課が動くべきだと思いますがねえ」

高虎が熱心に言う。何とか刑事課にバトンタッチしたいのだ。そうでなければ、冬彦の

ことだから今後も自分が調べると言い出すに決まっている。当然、冬彦の相棒である高虎も引きずり回されることになる。それを避けようと必死なのである。

「自殺までいちいち調べていたら、いくら人手があっても足りないだろう。次から次に新しい事件が起こるんだからな。たとえ怪しい事件でも遺書が見付かれば、捜査を打ち切る……寺田君だって承知しているだろう？　もちろん、不自然に多額の保険金絡みとか、そういう特殊な事情があれば別だがね」

さして熱意のない口調で横田課長が答える。

「もちろん、そういう不文律があることは承知しています。しかし、逆に考えれば、この件は遺書がなければ殺人事件として捜査が続けられていた可能性が高い。そうでしょう、鶴さん？」

高虎が鶴岡に訊く。

「厳密に言うと、遺書が見付かったことだけが捜査打ち切りの理由ではないよ。地元で二度自殺未遂を起こしていることも大きい。二度目の自殺未遂は灯油を浴びて火をつけようとしたわけだし、やり方も同じだからな」

鶴岡が答える。

「その自殺未遂については、さっき警部殿が説明したじゃないですか。東京行きを父親に認めさせるために仕組んだ狂言だったんですよ」

高虎が言うと、

「弟がそう言ってるだけだろう？　本当かどうか確かめようがないじゃないか」

横田課長が顔を顰め、更に、

「二度目の自殺未遂が狂言だったとしても、最初に手首を切ったときは本気だったわけだろう？　つまり、頭に血が上ると何をするかわからない……そんな精神不安定な部分が昔からあったということじゃないか」

「いや、それは……」

高虎が反論しようとするが、その発言を横田課長が制して話を続ける。

「君たちが再捜査の根拠に上げる二点、多額の現金が不自然に引き出されていることとか、亡くなる直前に性行為をした痕跡があり、恐らく、それはレイプだという事実……それらのことは見方によっては自殺の原因とも考えられるんじゃないのかね？　金銭関係で悩みを抱え、何者かにレイプされたとなれば本人にとっては大きなショックだろうから、発作的に自殺したとしても不思議はないんじゃないのかな。狂言にしろ何にしろ、灯油を浴びて死ぬという手段が頭の中に残っていただろうから同じやり方を選んだとも考えられる。他殺という線で再捜査するには根拠薄弱だと考えざるを得ない。もし再捜査するとすればレイプに関してだろうが、被害者が亡くなり、しかも、解剖されたときにレイプの事実が確認されていないことを考慮すれば、捜査が行き詰まるのは目に見えているし、たとえ加害者を特定できたとしても立件は難しいだろう。被害者の遺族が再捜査を訴えているわけでもないしな」

腕組みしたまま横田課長が首を振る。

「再捜査に応じていただけないということですか？」

冬彦が訊く。

「ごく当たり前の判断をしているつもりだ。再捜査を始めるかどうかは白川署長や谷本副署長の判断を仰がなければならない。わたしですら二の足を踏むのに上層部が簡単に許可すると思うかね？　特に副署長が」

「だるまが難関か……」

高虎が舌打ちする。

一年も前に自殺と断定して捜査を打ち切った件を再捜査するということは、そのときの判断が間違っていたと認めることになる。人一倍、面子《メンツ》を重んじる谷本副署長がそう簡単に再捜査を許すはずがない、と高虎には理解できる。

「それなら、ぼくが直に署長と副署長を説得すればいいんでしょうか？」

冬彦が言う。

「待って下さい」

高虎が慌てて止める。冬彦ならば、すぐにでも署長室に向かいかねないからだ。そんなことになれば、またもや大きな騒ぎになり、亀山係長がトイレに閉じ籠もることになってしまう。

「今、横田課長が言った通りですよ。刑事課が再捜査するのは無理なんです。いくら疑問があってもダメだってことですよ。それだけでは足りない。おれの見通しが甘かったことを謝ります」

「じゃあ、引き続き、ぼくと寺田さんが調べるということですか？」

「そうなりますかね」

高虎が気落ちしたように溜息をつく。

「それで構いませんか？」

冬彦が横田課長に訊く。

「いいんじゃないかな。お宅は『何でも相談室』なんだから。区民のためになることなら何をしてもいいんでしょう？」

「ああ、よかった！」

冬彦が嬉しそうに言う。

「実を言うと、中途半端な形で投げ出すのは嫌だったんです。最後まで自分たちの手で真相を突き止めたいと寺田さんとも話してたんです。そうですよね？」

「そうでしたかねえ……」

高虎は浮かない顔だ。

一二

現時点では刑事課は再捜査に乗り出すことはできないというのが横田課長の判断で、それを冬彦も了承した。三階の刑事課を出て、四階の「何でも相談室」へと非常階段を上がっていく。その足取りが軽いのは、引き続き、自分が捜査を続けられると喜んでいるせいだ。対照的に冬彦の後ろを、高虎が重い足取りでついていく。「何でも相談室」に戻ると、

「寺田さん、倉木さんに話を聞きに行きませんか。これまでの捜査で生じてきた疑問点を伝えて、何か知っていることがないか確かめましょう。誰よりも高橋さんと親しかった人ですから何かわかるかもしれませんよ」

冬彦が張り切って外出する支度を始めると、

「ちょっと待ちなさい、ドラえもん君」

三浦靖子が近付いてくる。

「何でしょうか?」

「ここが『何でも相談室』だってことは知ってるわよね?」

「ええ、もちろんです」

「それじゃ、毎日たくさんの相談が寄せられていることもわかってるよね？　そのほとんどは他の部署からたらい回しにされてきたような相談だし、警察が対応すべきだとは思えないような相談もある」

「はい」

「で、この『何でも相談室』には、相談に対応する捜査員が四人しかいないわけよ。わたしは事務職員だし、係長は管理職だしね。そこで問題だけど、たくさんの相談が寄せられているのに、ドラえもん君とギャンブル狂いがひとつの案件ばかりに時間を取られると、いったい、どうなると思う？」

「さあ、どうなるんですか？」

「樋村と安智が過労死するかもしれないってことなんだよ！」

靖子が目尻を吊り上げて金切り声を発する。

「特に汚れ仕事をすべて押しつけられる樋村がね！　樋村が過労死しても別に同情はしないけど、人員補充されるまで仕事が回らなくなるから、そう簡単に死なれても困るのよ」

「あの……何を言いたいんですか？」

「わからない？」

「わかりません。ぼくと寺田さんもちゃんと仕事をしてますけど」

「馬鹿野郎！　東大を出たキャリアのくせに、そんなこともわからないのか。少しは空気を読め！　人手が足りないのに、いつまでもひとつのことにかまけられてちゃ困るって話なんだよ。他の仕事を片付けた上で、そっちをやれ。樋村を過労死させないためにね」

靖子がちらりと亀山係長を振り返る。

「わたしの言ってること正しいですよね？」

「そ、そうだね、間違ってはいないよね。樋村君に死なれては困るわけだし」

うふふふっ、と亀山係長が薄ら笑いを浮かべる。

「自分で言う度胸がないから『鉄の女』に代弁させたってことでしょうが」

高虎がふんっと鼻を鳴らす。

「とにかく頼んだからね。事務職員にこんなこと言わせないでよ、まったく」

靖子がぷりぷり怒りながら自分の席に戻る。

「てことですから、すぐに倉木さんを訪ねるのは無理みたいですよ」

高虎が冬彦を見て肩をすくめる。

「言われてみれば、当然のことです。『何でも相談室』には多くの相談が寄せられるんですから、ぼくたちがひとつのことだけに夢中になっていてはダメなんですよ。少数のチームなんだから、安智さんや樋村君にばかり仕事を押しつけないで、ぼくたちも協力しなければ！　寺田さん、これから気を付けましょう」

「おいおい、おれが悪いのかよ……」

空気の読めない人は怖いよ、と高虎がぼやく。

冬彦と高虎は区民からの相談に対応するために外出した。

洗濯物を持ち去るカラスに手を焼いている五〇代の主婦からの、憎いカラスを何とかしてほしいという苦情に対しては、その家を訪ねて話を聞いた上で、保健所か区役所に改めて相談すべきだと助言した。

「あら、何を言ってるんですか。保健所も区役所も何もしてくれないから警察に電話したんですよ」

と反論された。

冬彦が保健所に電話して交渉し、翌日に職員が調査に来ることになった。

とりあえず、それで主婦には納得してもらったものの、

「本当に来るの？　もし来なかったら、来たとしても何の役にも立たなかったら、また警察に電話するから」

と睨まれた。

それから、スーパーマーケットに出向く。

老人の万引きである。

最近、増加傾向にある犯罪のひとつで、その背景には高齢者の生活苦という深刻な問題

がある。

通常は近隣の交番巡査が対応する。

なぜ、冬彦たちが呼ばれたのかと言えば、その老人が住所や自分の名前すら思い出すことができず、身分証明書の類いを何ひとつ持っていなかったからである。万引きしたのは、納豆や豆腐、漬け物、ピーマン、もやし、ヨーグルトなどで総額一〇〇〇円にも満たない。店側も事を荒立てずに穏便に済ませたかったようだが、身柄の引き取りを家族に依頼することもできず、やむなく警察に通報したのだ。駆けつけた交番巡査にしても、明らかに認知症を患っているように見える老人相手では事情聴取することもできない。地域課の上司に連絡を取り、そこから「何でも相談室」に仕事が回ってきたのである。

「何でもかんでも、こっちに押しつけられても困るんだよなあ。これで、どうやって身元を突き止めろっていうんだ？」

テーブルの上に老人の所持品が並べられている。鍵がひとつと小銭入れがひとつで、小銭入れは空である。テーブルの横に老人がしょんぼりと坐り込んでいる。

「申し訳ありません。自分もどうすればいいか判断に悩みまして……。引き取り手がいないのでは交番に連れて行くわけにもいきませんし」

三〇前後くらいの年格好の巡査が申し訳なさそうに言う。

「うちも困りますよ。何とかしていただかないと」

売り場主任の中年男性が溜息をつく。

「警部殿、どうします？　このじいさんを一時的に保護してくれるところを探しますか？　警察で預かるのは無理ですから」

高虎が冬彦に訊く。

「……」

冬彦は老人のそばにしゃがみ込み、無遠慮にじろじろと観察している。高虎の言葉など、まったく耳に入っていないようだ。やがて、立ち上がると、テーブルに置いてある鍵と小銭入れを手に取る。顔に近付け、細部まで念入りに観察する。

「この近くに……そうですね、半径二〇〇メートルくらいに、マンションがいくつあるか調べてもらえませんか？」

冬彦が巡査に頼む。

「半径に二〇〇メートルだと、マンション自体、かなり少ないと思いますが……」

「とりあえず、調べて下さい」

「住宅地図、ありますよ。お使いになりますか？」

売り場主任が申し出て、すぐに棚から大きな地図帳を取り出す。それを開いて、巡査がマンションを拾い出す。

「四つあります」

「どんなマンションかわかりますか?」

「ええ、このあたりをよく巡回していますから」

「最も高級なマンションは、どこでしょうか?」

「それなら、レジデンス上村《うえむら》ですね。まだ新しいし、億ションと言われてます」

「お手数ですが、そのマンションの管理人に電話して、エントランスドアの解錠に電子キーを使っているかどうかを確認して下さい」

「はい」

早速、巡査が電話をかけて、管理人に質問する。

「使っているそうです」

「管理人さんのメールアドレスを訊いて下さい。すぐに写真を一枚送ります」

「はあ……」

巡査が怪訝な顔でメールアドレスを教えてくれないか、これから写真を一枚送るから、と管理人に伝える。

その間に冬彦は老人を正面から写メで撮影する。

その写真を管理人宛に送信する。

やがて……。

「写真が届いたそうです。え? 影山《かげやま》さん? お宅の住人なんですか……。ああ、では、自宅の電話番号を教えてもらえますか、影山さんの。はい、はい……わかりました。ありがとうございます」

メモを取って、巡査が電話を切る。

「そこの住人なのか？」

高虎が訊く。

「そのようです」

巡査がうなずく。

「ご家族に連絡して迎えに来てもらって下さい」

冬彦が言う。

はい、と返事をして巡査が電話をする。

「あの……どうしてわかったんですか？」

売り場主任が首を捻っている。

「寺田さんも知りたいですか？」

「自慢話を聞くのは嫌だけど、まあ、参考までに聞いておきますかね」

「素直じゃありませんね……」

冬彦が肩をすくめる。

「おじいさんが着ているのはポール・スミスのカーディガンです。凝《こ》った編み込みの入ったニットですから、五万円以下では買えないと思います。履いているサンダルもビルケンシュトックです。定番モデルのボストンですが、ブラックのナチュラルレザーにラインストーンが入った限定品なので、たぶん、四万円以上はするでしょうね」

「警部殿がブランド物に詳しいとは知りませんでしたよ。そんな格好をしてるのに」

高虎が冬彦をじろじろ見る。薄汚れたジャンパーに、洗いざらしのくたびれたジーンズ、スニーカーという格好だ。

「ダサく見えるけど、ひょっとしてビンテージ物ですか?」

「いいえ、量販店で買った安物です。ブランド物に関しては知識として知っているというだけで自分が好きだというわけではありません」

「それを聞いて何となく安心しましたよ。ただでさえいけ好かないのに、さりげでブランド物好きだなんて聞いたら殴りたくなるところだった」

「変な人だなあ、寺田さんは」

「変人に変人呼ばわりされるのは妙な気分ですよ。話を戻しますが、つまり、このじいさん、金持ちってことですか?」

「その小銭入れも中身は空ですが、バーバリーですよ。決め手は電子キーですね」

テーブルの上の鍵を指差す。

「最近の高級マンションはセキュリティが強化されていて、勝手にマンションの敷地内に入ることができないようにされています。エントランスにドアがあって、インターホンで住人を呼び出して解錠してもらうか、住人の鍵を使って開けるしかありません。その鍵も、いちいち鍵穴に差し込むのではなく、タッチするだけで解錠できる電子キーが主流なんですよ。だから、電子キーを使ったセキュリティシステムを採用している、この近辺のマンションに当たれば、おじいさんの身元がわかると考えただけです」

「さすがですね。とても真似できません」

巡査が感心したように言う。

「誉めなくていいんだよ。調子に乗るからな」

高虎が嫌な顔をする。

あとの対応を巡査に任せ、冬彦と高虎はスーパーマーケットを後にする。

更にもう一件、二人は区民からの相談案件に対応した。小学生の姉弟からの通報で、飼い犬を散歩させているとき、うっかりリードを離してしまい、飼い犬がどこかに走り去ってしまったというのだ。

姉が四年生、弟が二年生、両親は共働きで母親が帰宅するのは六時過ぎだという。

「ママに叱られる」

弟が泣きじゃくる。

「怒られるのは当たり前よ。あんたがリードを離したんだもの」

姉はぶりぶり怒っている。

「手が滑ったんだ」

弟がうえ〜ん、と声を張り上げて激しく泣く。

「大丈夫だよ。ぼくたちが見付けてあげるから」

リュックからキャンディーを取り出して姉と弟に渡しながら、散歩のルートを聞き出す。そのルートを四人で辿っていくと、公園の芝生で居眠りしている犬を見付けることができた。

「サクラ！」

弟が呼ぶと、太り気味の白いフレンチブルドッグが駆けてくる。

「こんなところにいたのか。何だよ、お姉ちゃん、警察に電話することなかったじゃないか」

「うるさい！」

姉が弟の頭をばしっと叩く。

また弟が泣き出す。

「喧嘩はダメだよ。ほら、これを見て」

冬彦が両手を揉み合わせ、パッと両手を開くと掌にイチゴがふたつ載っている。

「えっ、どこから出したの？」

「すごい……」

姉と弟が目を丸くする。弟の涙が止まる。

それを見て、

「子供の扱いはうまいな。それだけは認めよう」

高虎が感心する。

一三

区民からの相談案件を三つ片付けてから、冬彦と高虎は倉木香苗の自宅に向かう。香苗は自宅に引き籠もっているのでアポを取るのは容易である。香苗の方でも捜査状況を知りたがっていたので、冬彦が電話すると、すぐに会うことを承知した。

香苗に会うのは先週の木曜以来だ。

冬彦と高虎はリビングに通され、香苗と向かい合った。前回と同じように母親はお茶を出すと、奥に引っ込んでしまう。リビングから出て行くとき、心配そうな表情で香苗を見つめた。それも無理からぬことで、香苗はひどく顔色が悪い。頬がげっそりと痩《こ》け、目の下に濃い隈《くま》ができている。

（苦しんでいるようだな……）

と、冬彦は察する。

木曜に訪ねたとき、死の直前に高橋が何者かにレイプされた可能性があることを香苗に伝えた。それを聞いた香苗は号泣した。高橋の死にショックを受けて、就職すら棒に振って引き籠もり生活をしている香苗にとっては大きなダメージだったはずだ。

「何かわかったんですか？」

香苗が訊く。

「わかったことより、わからないことが増えたというのが正確ですね。調べるにつれて新たな疑問点が生じてくるんです。倉木さんなら、その答えを知っているかもしれないと思って伺いました」

「どんなことでしょう？」

「先日伺ったとき、高橋さんは去年の夏の終わり頃から塞ぎ込むことが多くなった、と話して下さいましたよね？」

「はい」

「その理由はわからないんですよね？」

「訊いても教えてくれませんでしたから」

「もしかすると、それに関係のありそうなことがいくつかあるんです。ひとつは、バイトを辞めたことです。それについて何か高橋さんから聞いていませんか？」

「卒論の準備もあるし、手術のことも調べないといけない……そんな話を聞いた覚えがあります」

「つまり、もうバイトしなくても手術費用をまかなうことができるという意味でしょうか？」

「たぶん、そうだと思います。あ……」

「何か？」

「バイト先で昔の知り合いに会って、何だか、それが嫌だったみたいです」

「高校時代の同級生ですか？」

「ええ、高校の頃の知り合いみたいでした」

「高校時代に嫌がらせをされて、それが原因で不登校になっていますが、その当事者だった生徒たちと出会したということですか？」

「詳しくは聞いていません。あまり話したくないようだったので、わたしもしつこく訊きませんでしたし……」

「そうですか」

冬彦が首を捻りながら、高虎と視線を交わす。

高虎も怪訝な顔をしている。

バイト先の居酒屋で高校時代の同級生、山崎と有川に出会ったことは冬彦と高虎も知っているが、彼らとは高校を卒業する前に大島教諭の仲介で和解しており、居酒屋でも友好的に対応した、と弟の真一が話してくれたが、香苗の話が本当だとすれば、真一の話とは食い違ってくる。

冬彦が手帳を開く。真一の話をメモしたページに、山崎と有川という名前が記されている。その名前の下に二重線を引き、クエスチョンマークを書き加える。

(昨日会っておくべきだったな)

真一や大島教諭の話を鵜呑《うの》みにするのではなく、やはり、当人たちに会って話を聞くべきだった、と冬彦は反省する。

「手術について悩んでいたということはありませんか?」

「ご両親に反対されて、ということですか?」

「いいえ、ご両親は手術に反対していませんでした。積極的に賛成していたわけではないようですが、反対しても無駄だと諦めていたようです。そうではなく、何か医学的な問題で手術に不都合が生じて悩んでいたということはありませんか?」

「それはないんじゃないでしょうか。最後の最後まで手術に関してはやる気満々というか、ものすごく楽しみにしていました。手術するには多額の費用がかかるし、親に頼る気はないので自分一人の力で必要な金額を貯められるかどうか、そのことを心配してましたけど、大学四年になる頃には目処がついたと嬉しそうに話してました。ご両親が反対していなかったのなら手術に関して悩むようなことはなかったんじゃないでしょうか」

「高橋さんがどれくらい貯金していたか、ご存じですか？」

「具体的な金額までは知りませんが、手術するには最低でも二〇〇万円かかると聞いたことがあるので、それくらいは貯まったのかな、と思ってました」

「おっしゃる通りです。去年の三月には高橋さんの貯金は二〇〇万円を超えました。しかし、四月から減ってるんですよ」

「四月から？」

「具体的に言うと、四月、六月、八月、一〇月に五〇万円ずつ引き出されています。全部で二〇〇万円です。亡くなった後、ご両親が通帳を確認したときには残高が二〇万円ほどでした。何に使ったのか、ご存じではありませんか？」

「そんな大金を使うとしたら手術費用以外には考えられませんけど」

「しかし、引き出し方が腑に落ちないんです。性転換手術に関する情報をネットで集めたり、その種の手術をしてくれる病院に電話して教えてもらったりしました。性転換手術といっても、費用の支払い方法は他の手術と同じで後払いが普通だそうです。ただ、保険が利かず、手術費用が高額になる場合、手術前に保証金を預かることはあるそうですが、保証金といっても手術費用の二割から三割くらいで全額を前払いしてもらうことはないそうです。それに保証金を預けるのは手術の一週間くらい前で大丈夫らしいので、高橋さんが去年の四月に手術費用を引き出したとは考えにくいんです」

「刑事さんがおっしゃったのは国内の病院で手術を受けるときの手続きですよね？　国内で手術を受けるより、海外で受ける方が安いと聞いたことがあります。もしかすると、タイで手術を受けるときには、その手続きが日本とは違うのかも」

「二〇〇万円というのはタイで手術をうける場合の相場で、国内で手術を受けるのなら三〇〇万円くらいは必要なんですよね。高橋さんはタイで手術を受けるつもりだったんでしょうか？」

「外国の病院より日本の病院で手術を受けたいとは話してました。費用が大きく違うので、最終的にはいくら貯金できるかで判断するつもりだったみたいですけど」

「そうだとすると、ますます、夏にバイトを辞めたのはおかしいですね。目標を三〇〇万円にあげたとすれば、まだ目標金額には届いていなかったわけですから……。それに迷っていたのなら、やはり、四月に費用を前払いするのはおかしいですね」

冬彦が首を捻る。

「三〇〇万どころか、一〇月に五〇万を引き出した後、貯金が底をつきそうになってるよ。すぐに親からの仕送りが入金されたみたいだが……。四回に分けて引き出された二〇〇万が手術費用に充《あ》てられたのでなければ、高橋さん、手術を受けることなんかできなかったんじゃないのかね」

高虎が言う。

「でも、手術を受けるつもりでいたんですよね？」

冬彦が香苗に訊く。

「はい」

「高橋さんが手術することを迷っていたとか、諦めていたとか、そんな様子はありませんでしたか？」

「ありません。まったくないです」

香苗が首を振る。

「なぜ、そこまで断言できるんですか？　口に出さなかっただけで心の中では迷っていたかもしれない。男になるのを諦めて、手術のお金を何か他のことに使ってしまったかもしれないじゃないですか」

高虎が言う。

「それは……そんなことはないんです、絶対に。だって……」

香苗が口籠もる。

「話して下さい」

冬彦が促す。

「無事に手術が成功したら、わたし……わたし、高橋と付き合うって約束していたから」

「交際するということですか？」

「はい。高橋の気持ち、だいぶ前から薄々と察していたんですけど、はっきり口にされたのは去年の春でした。驚いたし、戸惑いましたが、冷静に自分の心に問いかけてみると、わたしも高橋のことが好きだとわかりました。友達としてではなく、恋愛の対象としてという意味です。でも、真剣に付き合うことになれば、いろいろ難しい問題も出てきます。結婚とか子供とか、そんなことです。普通の男女であれば、そんな先のことなんか考えないで、とりあえず、好きなら付き合えばいいのかもしれませんが、わたしと高橋は、そういうわけにはいかなかったから……。高橋のことは好きだけど、すぐに付き合うことはできない、手術が終わって、心だけでなく肉体的にも男になったら、そのときにきちんと結論を出したいと思う、それでもいいか、と言いました。高橋は、それでいいと言ってくれました。実際には、高橋に告白されてから、二人の関係はそれ以前よりもずっと親密になったし、お互いのことがものすごく好きになったから、夏頃には手術が終わったら付き合うと決めていました。その気持ちは高橋にも伝えました。だから、高橋が手術を諦めるなんてあり得ません。手術が終わったら、そのお祝いに二人だけで旅行に行く計画も立てていたし……」

「そうだったんですか。それなら高橋さんの気が変わるということは考えられませんね」

冬彦がうなずく。

香苗が高橋の死を受け入れることができず、内定していた就職まで蹴って、今でも引き籠もり生活を余儀なくされている理由がようやく冬彦と高虎にも納得できた。親しい友達が亡くなったというだけではない。香苗は誰よりも愛していた恋人を喪《うしな》ったのだ。高橋との結婚すら考えていたとすれば、生きる気力をなくしてしまうのも無理はない。

「今のお話を伺った後で、こんなことを言うのは心苦しいのですが……。亡くなる直前、高橋さんは誰かと性交渉しています。それも謎のひとつです」

「高橋が男と付き合うなんてあり得ないから、誰かが無理矢理そういうことをしたのだと思います。他に考えようはありません」

「高橋さんの身近にそういうことをしそうな男はいませんでしたか？　ストーカーみたいな男とか」

「聞いていません」

香苗が溜息をつきながら首を振る。

「思い出すのは辛いでしょうが、高橋さんが亡くなった日のことを思い出してほしいんです。部屋を訪ねたのは何時頃でしたか？」

「お昼前です。正確な時間は覚えてないんですが、たぶん、一一時半くらいじゃなかったかと思います。塞ぎ込むことが多かった高橋ですが、あの日は最初から機嫌がよくて、そろそろお昼だから何かおいしいものでも食べに行こうか、なんて言い出したからびっくりしました。これからお金がたくさん必要になるんだから無駄遣いをやめて節約した方がいい、と止めました。香苗ちゃんとお昼を一緒に食べるのは無駄遣いじゃないよ、と膨れましたが、その言葉が嬉しかったので、あまり料理は得意じゃないんですがパスタとサラダを作ることにしました。麺《めん》は茹《ゆ》ですぎで、ソースも今イチ、サラダも平凡だったけど、とてもおいしいと誉めてくれました。まさか、あれが高橋との最後の食事になるなんて……」

香苗が指先で目許を拭《ぬぐ》う。

「高橋さんの機嫌がよかった理由はわかりますか？」

「何かいいことがあったみたいなんですけど教えてくれませんでした。ものすごくいいことだったみたいです。元々、躁鬱《そううつ》気味というか、気分が落ち込むと底なしに沈み込んでしまうし、機嫌がいいとハイテンションになってしまうというタイプなんですが、あの日は、こっちが不安になるくらい陽気で明るくて驚きました」

「ふうん、何が高橋さんの気分をそんなに明るくしたんだろう……。食事をして帰ったんですか？」

「洗い物をして、掃除をして、高橋が荷物を片付けるのを手伝いました。部屋を出たのは三時頃だったと思います」

「荷物の片付け？　引っ越しでもする予定だったんですか？」

「手術を受ける前に引っ越すつもりでいたんです。手術して男になったら新しい部屋で暮らしたい、女だったときの記憶を消し去ってしまいたい……そう言ってました。だから、少しずつ荷物を整理していたんです」

「話を聞けば聞くほど、その日の夜に自殺したとは思えなくなりますね」

　高虎が小首を傾げる。

「倉木さんが部屋を出た後、誰かが高橋さんを訪ねてきて、強引に性交渉に及んだのは、ほぼ間違いありません。ここでも、ひとつ疑問が生じます。部屋には荒らされた跡はなかったということです。見ず知らずの他人が部屋に押し入って高橋さんに乱暴したとは考えられないんですよ」

「部屋が物色されて金品を奪われたということもなかったわけだしね」

　高虎がうなずく。

「知り合いがやったということですか？」

　香苗が眉を顰《ひそ》める。

「そう考えると、しっくりしますね」

「でも、高橋は友達が多い方ではなかったし、親しい男友達と言えば猫田君くらいでした。猫田君は、わたしが行く前に帰っていたし……」

「ちょっと待って下さい。猫田さんが帰ったというのは、どういうことですか？　高橋さんが亡くなった日、猫田さんが高橋さんの部屋を訪ねたんですか?」

思わず冬彦が身を乗り出す。

「ええ、そう思います。猫田君がいつも吸っているタバコの吸い殻が灰皿に残っていて、そんなに古いものではありませんでしたから」

香苗は、そのアメリカのタバコメーカーの名前を挙げる。

「直に会ったわけではないんですね?」

「わたしは会ってません。吸い殻を見て、あれ、猫田君、来てたの、と高橋に言ったら、うん、まあね、みたいな返事でした。すぐに旅行や手術の話題に変わったので、それっきり話しませんでしたけど。それが重要なことなんですか?」

香苗が怪訝な顔になる。

「重要かどうか何とも言えません。猫田さん自身に伺ってみないと」

冬彦と高虎が視線を交わす。

先週の水曜日、猫田に会ったとき、最後に高橋に会ったのは高橋が亡くなる三日前の金曜日だと猫田は言った。当日に会ったとは言わなかった。香苗の勘違いなのか、猫田が嘘をついたのか、そのどちらかだが、冬彦も高虎も、

(猫田が嘘をついたな)

と直感した。

なぜなら、そのこと以外にも、高橋は性転換手術を両親に反対されて悩んでいたようだ、と猫田が事実と異なる話をしていたからだ。

「倉木さんは三時頃に部屋を出たわけですね？　それが高橋さんに会った最後ですか」

「そうです」

「帰るとき、高橋さんに変わった点はありませんでしたか？」

「特に何も……。あの日は最初から最後まで、ものすごく機嫌がよかったことを覚えています」

「これから誰かに会うとか、誰かが部屋を訪ねてくるといったことは？」

「何も聞いていません」

「目を瞑ってもらえますか」

「え？」

「記憶を辿ってもらいたいんです。何もわからないかもしれませんが、念のために試してみましょう。目を瞑るだけで何が違うのかと思うかもしれませんが、古い記憶を思い起こすには、とても効果的な方法なんですよ。お願いできませんか」

「わかりました」

香苗が目を瞑る。

「倉木さんは今、高橋さんの部屋にいます。いいですね？」

「はい」

「帰り支度を始めたところです。高橋さんは何をしていますか？」

「手を洗っています。荷物の整理で汚れてしまったから」

「何か話していますか？」

「明日は何時頃に大学に行くのか、と訊かれました。受ける必要のある講義が午前中にないので、午後から行くと答えました。朝一で一コマ講義を受けるから、講義が終わったら図書館にいる。一緒にランチをしよう、と高橋が言いました」

「それから？」

「玄関に行って、靴を履いて……」

香苗が口籠もる。

「どうかしましたか？」

「いいえ。高橋がついてきて、わたしを後ろから抱きしめて……頬にキスしてくれました。それから二人で外に出て……」

「高橋さんもですか？」

「はい。そのあたりまで送ると言ってくれたんです。コンビニで買いたい物もあるからって。結局、駅まで送ってくれて改札のところで見送ってくれました。あれが高橋を見た最後です……」

香苗の目に涙が滲んでくる。

「虫の知らせだったのか、何度も振り返ってしまいました。高橋もずっと手を振りながら見送ってくれて……」

ハッとしたように香苗の表情が変わる。

「倉木さん？　何か見えるんですか」

「高橋が誰かと話しています。電車が来そうなので、わたしは小走りにホームに向かっています。最後に肩越しに振り返ったとき、高橋が誰かと話しているのが見えたんです」

「それは誰ですか？」

「こちらに背を向けているので顔は見えません」

「男性ですか、女性ですか？」

「男の人です。背が高くて、がっちりした感じ」

「高橋さんの身長は一七〇くらいありますよね。それよりも背が高いんですね？」

「猫田君ほどではないけど、それと同じくらい背が高いです」

「猫田さんは一八五センチくらいですよね。それと同じくらいだとすると、一八〇くらいはある？」

「そう思います」

「高橋さんは、どんな様子ですか？」

「ええっと、高橋は……」

香苗が小首を傾げる。

「真面目な顔をしています。わたしに手を振っているときは笑顔だったけど、今はすごく真面目な顔」

「それから高橋さんと、その男性はどうしましたか？　何をしていますか」

「わかりません。見えなくなったから。すぐに電車に乗ってしまったし……」

「目を開けて下さい」

冬彦が言うと、香苗が目を開ける。

「何か役に立つことがありましたか？　改札付近で高橋と話していた人、高橋の死に関係してるんでしょうか」

「何とも言えません。高橋さんに何か尋ねただけの通りすがりの人かもしれませんからね」

「こうして高橋の思い出が甦《よみがえ》るたびに胸が締め付けられます。あの日、わたしがもう少し長居していたら、高橋と一緒に晩ご飯を食べていたら、高橋は死なずに済んだのではないか、そんな気がして仕方ないんです。自分に何かできたんじゃないかって」

香苗が辛そうな表情になる。

「それは、ありません」

いきなり高虎が口を開く。

「犯罪の被害者や、そのご家族、自殺なんかで身内や親しい人を亡くした人たち……みんな自分を責めるんですよ。もっと何かできたんじゃないかってね。だけど、それは違うんです。何が起こるかわかっていれば、そりゃあ、いくらでもできることはあるでしょうけど、未来のことは誰にもわからない。不意打ちのようにやって来る。どうしようもないんです。この一週間、高橋さんが亡くなった理由をいろいろ調べて、高橋さんを知る人たちから話を聞いて歩きましたが、その日に高橋さんが亡くなるなんて誰も思っていなかったんです。誰にもわからなかったんですよ。今のお話を伺うと、倉木さんが高橋さんと別れた午後三時過ぎまで、高橋さんが自殺する兆候《ちょうこう》はまったくない。その数時間後に亡くなるなんて誰にもわかるはずがなかったんですよ。倉木さんが苦しんでいるのはわかるし、後悔するのもわかります。でも、自分を責めるのはやめた方がいい。やり直すことができないことを悔やんでも仕方ないんですよ。そんなことを言われても気持ちに区切りがつかないでしょう。わたしたちが必ず、高橋さんが、なぜ、亡くなったのか、その真相を突き止めます。真相がわかったら、後ろばかり振り向かないで前を向いて下さい。高橋さんもそう望んでいるはずですから」

倉木家を出ると、冬彦と高虎は署に向かって車を走らせる。しばらく二人は黙り込んで

いたが、やがて、

「さっき、いいことを言いましたね」

「皮肉ですか？」

「いいえ、本心です。寺田さんの言葉で倉木さんは救われたと思います。誰かが言わなければならない言葉ですからね」

「難しい約束をしてしまいましたけどね」

「真相を突き止めるということですか？」

「ええ」

「いいじゃないですか。突き止めましょうよ、なぜ、高橋さんが亡くなったのか、その真相を」

「ああ、そうですね。ここまで来たら後には退《ひ》けないって感じになってきたからね」

「よかったですね、横田課長がやる気になってくれなくて。刑事課に引き継いだとしても、ぼくたち以上に熱心に捜査してくれるとは思えませんよ」

「あいつらも忙しいからね。で、これからどうしますか？　やっぱり、猫田ですか」

「そうですね、猫田さんですね」

冬彦がうなずく。

「倉木さんが高橋さんと別れてから公園で焼死体となって見付かるまで、その間に何があったのか、その隙間を埋めることができれば真相がわかりそうだ。もっとも、猫田が高橋さんに会ったとしても午前中だろうから、あまり隙間を埋める役には立たないかもしれませんがね」

「いいじゃないですか。どうして嘘ばかりつくのか、そのことに興味がありませんか？」

「なぜだろう……？」

「一般的に考えれば、小さな嘘ばかりつく人は、嘘をつくのが好きなのか、そうでなければ……」

「そうでなければ？」

「より大きな嘘を隠すためです」

一四

猫田とアポを取るのは難しかった。

今夜は取引先と打ち合わせが入っているし、明日も明後日も朝から、ずっと外回りで、

「申し訳ないんですが年末の忙しい時期なので、どうしても時間が取れません」

と、さして申し訳なさそうでもない口調で猫田は冬彦と会うことを断る。

もっとも、それで引き下がる冬彦ではない。

「では、今夜、打ち合わせが終わった後では、どうですか？　待ちますが」

「困ります」

打ち合わせといっても、要は接待の飲み会である。

酒を飲んだ後で事情聴取などされたくはない。

「では、明日の朝では、どうですか？　出社前に会社の近くで会うとか」

「勘弁して下さい」

二日酔いで出社するかもしれないのに、頭痛に苦しみながら事情聴取されるのは耐え難い。冬彦が後に引きそうもないと悟ると、

「わかりました。取引先に連絡して、打ち合わせを一時間遅らせてもらいます。その代わり、打ち合わせ場所の近くまで来て下さい。それでいいですか？」

と、猫田が折れる。

「結構です」

冬彦は承知し、午後六時三〇分に丸の内のコーヒーショップで会う約束をした。

勤務時間外になるし、残業手当の申請を靖子が許してくれるはずもないから、

「寺田さん、何なら、ぼく一人で会ってきますが」

と申し出たが、

「何を言ってるの」

おれだって刑事なんですよ、馬鹿にしないでもらいたい、と高虎が腹を立てる。

そのコーヒーショップには、約束した時間の一〇分前に着いたが、すでに猫田が待っていた。奥のテーブル席についている。見るからに苛立《いらだ》って落ち着きがない。機嫌も悪そうだ。奥に向かいながら、

「新卒のサラリーマンのくせに、いつもイライラしてる。そのうちストレスで体を壊すぜ」

高虎が小声で冬彦に言う。

「仕事のストレスだけなんでしょうか。親友だったという割には、高橋さんの死に冷淡すぎる感じがしますよね」

「倉木さんとは大違いだ。まあ、あっちは高橋さんと付き合ってたようなもんだから温度差があるのかもしれないけどね」

高虎が肩をすくめる。

猫田のテーブルに近付くと、

「無理を言って申し訳ありません」

冬彦が軽く会釈する。

「できるだけ早く済ませていただけるとありがたいです。今度は何ですか？」

「お話を伺ったら、すぐにでも終わりにするつもりです」

注文を取りに来たウェートレスに高虎はブレンドコーヒーを、冬彦はオレンジジュースを注文する。その注文がテーブルに来るのを待って、

「先週、お話を伺ったとき、最後に高橋さんと会ったのは亡くなる三日前、大学で顔を合わせたときだ……そうおっしゃいましたよね？」

冬彦が訊く。

「え？　そうだったかな……」

「猫田さん、あなたは高橋さんの親友だったんですよね？　違うんですか」

「親しい友達でしたけど」

「その友達と最後に会ったのがいつだったのか覚えてないんですか？　たった一年前のことですよ」

「じゃあ、三日前だと思いますよ」

猫田が投げ遣りな言い方をする。

「それは嘘ですよね」

「は？」

「本当は高橋さんが亡くなった当日に会ってますよね？　午前中に高橋さんの部屋を訪ねている」

「行ってませんよ」

「あ」

冬彦がにやりと笑う。

「嘘でごまかそうとしましたね。急に瞬きが増えましたよ。視線を逸らしながら目許を触っている。ものすごく初歩的な嘘つきのサインですよ」

「冗談じゃない。何なんですか、これは」

「今、鼻の下を触りましたね。不快感を感じているだけでなく、何とか、この場から逃れたいと願っているでしょう？　瞬きが速くなりましたね。かなり苛立っているようだ。念のため……」

冬彦がテーブルの下を覗き込む。猫田の足の動きを観察するためだ。

「当然ですが、貧乏揺すりもひどいですね。こんなにわかりやすい人も珍しいですよ。高橋さんの件に関して猫田さんは嘘ばかりついているけど、たぶん、本質的には正直な人なんでしょうね。嘘をつくのが、とても下手です」

「忙しい合間を縫って、せっかく時間を取ってあげたのに、なぜ、こんなふざけたことを言われなければならないんですか。帰らせてもらいます」

猫田が席を立とうとする。

「確かに言い方は失礼だったかもしれないけど、うちの警部は嘘を見破る名人なんですよ。あんたが嘘をついたことはわかってるんだ。帰りたいのなら帰ってもいいが、明日、改めて会社に出向きますよ。あんたの上司にかけ合って、署に同行してもらうことになる。あんたの立場に気を遣ったりはしないよ。それでもいいなら帰ればいい。それが嫌なら、おとなしくそこに坐って、こっちの質問に正直に答えるんだな。どっちでも好きな方を選べ」

高虎が猫田を睨む。

「……」

猫田は驚いたような顔で高虎を見つめ、どうしようかと迷うが、すぐにまた椅子に坐り直す。職場に警察官がやって来るような事態は避けたいのだ。そんなことになるくらいなら、どれほど不愉快でもこの場で話をする方がいい……そう判断した。

「わかりました。正直に話します」

「高橋さんが亡くなった日の朝、部屋を訪ねたんですね？」

「はい」

「何のために訪ねたんですか？　それを隠そうとした理由も教えていただけますか」

「ええ、それは……」

猫田がごくりと生唾を飲み込む。

「あ〜っ、ダメダメ。嘘はダメですよ。今、その場しのぎの嘘でごまかせないかとか考えましたよね？　もし嘘をつくのであれば、これ以上、ここで話しても無駄です。明日、署で事情聴取をさせていただきます」

冬彦がぴしゃりと言うと、猫田ががくっと肩を落とす。

「金の話をしに行ったんです」

「お金？　どういうお金ですか」

「ぼくが高橋から借りた金です。その返済について話し合いに行きました」

「詳しく話して下さい」

「去年の春、父が亡くなって、うちは生活が苦しくなってしまったんです。闘病生活が長かったので治療費がかさんで貯金も使い果たし、親戚や知人から借金もしました。生命保険にも加入していましたが、住宅ローンや借金の返済ですべて消えてしまいました。ぼくの大学の学費や妹の予備校費用も払えない有様で、どうにもならなくなりました。そんな事情を高橋が知って五〇万円貸してくれたんです」

「いつのことですか？」

「去年の四月です。性転換手術を受けるために貯金している大切なお金だとわかっていたので最初はためらいましたが、今すぐ手術するわけではないから、手術するまでに返してくれればいいと言ってくれたんです。その厚意に甘えることにしました」

「借りたのは一度だけですか？」

「いいえ」

猫田が首を振る。

「その後も六月、八月、一〇月に五〇万円ずつ借りました。全部で二〇〇万円です」

「高橋さんは快く貸してくれたんですか？」

「六月に借りたときは、簡単にというわけではなかったけど、苦境を話すと黙って五〇万円貸してくれました。でも、八月と一〇月には……それほど気持ちよく貸してくれたわけではありませんでした」

「高橋さんが塞ぎ込むようになったのは去年の夏の終わり頃からです。猫田さんが三回目の借金を申し込んだ時期と重なりますよね。それが塞ぎ込みの原因ですか？」

「そうだと思います。卒業前には手術を受けることを計画していたし、本当に手術に間に合うように返済できるのか、と心配していました」

「返済するあてはあったんですか？」

「住んでいる家を売却することになってました。親類が買い取ってくれることになっていて、予定通りなら去年の夏に契約が成立するはずでした。その予定がずれ込んでしまったので、高橋に新たな借金を申し入れざるを得なくなったんです」

「すでに一〇〇万円借りている上に、更に五〇万円の新たな借金……。それまでに返済はしていたんですか？」

「家が売れたら一括返済する約束でした」

「お話を伺っていて、ふたつの疑問が思い浮かびました。ひとつは、なぜ、高橋さんは大切なお金を何度も猫田さんに貸したのかということ。最初の一回くらいなら親友同士だからわからないでもありませんが、全部で四回ですよね？　しかも、高橋さんは、それが原因で塞ぎ込むようになっている。気が進まなかったのかもしれないし、ちゃんと返済してくれるのか心配していたのかもしれない。それなのに、なぜ、三回、四回とお金を貸し続けたのか？　もうひとつは、倉木さんのことです。倉木さんにお金の相談をしましたか？」

「していません」

「高橋さんも倉木さんには何も話していない。高橋さんが塞ぎ込むようになった理由がわからず、倉木さんは心配していましたからね。猫田さんにお金を貸したことが理由だと知っていれば、きっと倉木さんは猫田さんに何か言ったはずです。倉木さんは何も知らなかったんですよね？」

「はい」

「おかしいですよね。あなたたち三人は親友同士だったんでしょう？　それなのに、こんな大事なことを倉木さんだけが知らない。とても不思議です。その理由を教えてもらえますか？」

「香苗ちゃんに相談しなかったのは、お金を持っていないことを知っていたからです。いくらか貯金はあっただろうし、相談すれば助けてくれただろうけど、五万や一〇万で済む話ではなかったから……」

「高橋さんは、そうではなかった？」

「手術費用を貯金していることを知っていたし、かなりの大金だということもわかってました」

「ひどいな。親友の貯金に目を付けたわけか」

　高虎が舌打ちする。

「盗んだわけじゃありませんよ。借りただけです、ちゃんと返すつもりでいたし。ただ予定が狂ってしまって……。高橋を不安にさせてしまったことは申し訳ないと思っています。あれは高橋にとって、とても大切なお金だったから……」

　猫田が溜息をつく。視線を落として、しばらく黙っていたが、やがて、

「ぼくと高橋の間には秘密がありました。だから、高橋はお金を貸してくれたんです。香苗ちゃんに相談できなかったのも、その秘密を香苗ちゃんに知られるのを恐れていたからです」

「どんな秘密ですか？」

「去年の正月、高橋の部屋で二人で飲んだんです。香苗ちゃんは仙台のおじいちゃんの家にご両親と里帰りしていました。それまでにも二人だけで飲んだことはあったし、高橋の

部屋に泊めてもらったこともありました。高橋を女だと思ったことはなかったから、ただの男友達の部屋に泊まるという感じでした。ただ、あの夜は、何かがおかしかったというか、飲み過ぎたせいかもしれないけど、酔っ払って二人で映画を観ていたら、たまたまハードな濡れ場があって、それを観ているうちに興奮してしまったというか、気が付いたら高橋にキスしていました。キスしたり、胸を触ったり……ぼくに比べると高橋はずっと華奢だったから、抵抗しようがなかったのかもしれません。ハッと我に返ったら高橋が泣いていて……。慌てて高橋を離して謝りました。今夜のことは忘れよう、もう帰ってくれ、と言われて帰りました。それ以来、あの夜のことには触れないようにしました。もちろん、忘れられるはずがありません。口に出さなかっただけです。ぼくたち三人は親友だったけど、あの出来事があってから、ぼくと高橋の関係は微妙に変わってしまいました。喉に棘《とげ》でも刺さったような感じとでも言えばいいのか……」

「四月に五〇万を借りるとき、貸してくれなければ秘密をばらすとでも言って脅したのか？」

高虎が怒ったように訊く。

「まさか……。そんなことはしません。ただ、結果的に弱味に付け込むことになってしまったかもしれません。高橋は香苗ちゃんのことが好きだったんです。性転換手術をして男になったら、きちんと付き合いたいと言ってました。だから、ぼくとあんなことがあったことは香苗ちゃんに絶対に知られたくなかったはずです」

「口止め料かよ」

ふんっ、と高虎が鼻を鳴らす。

「高橋さんが虎の子の貯金を猫田さんに貸した理由がわかりました。夏の終わり頃から急に塞ぎ込んだ理由も、なぜ、倉木さんに相談できなかったのかという理由も……。ひどい話だと思いますが、話を先に進めましょう。高橋さんが亡くなった日、どんな話をしたんですか？」

「家を売却することが決まったので二〇〇万円を返済すると伝えに行ったんです。高橋は、ものすごく喜んでました」

「ああ、そういうことか……」

香苗が訪ねたとき、異様なくらい高橋が上機嫌でテンションが高かったと話していたが、それは猫田が二〇〇万円を返済する約束をしたからなのだな、と冬彦はわかった。

「で、二〇〇万円は、どうしたんですか？」

「え？」

「高橋さんのご家族は、そんな話を何も知らないようでしたよ」

「……」

「都合よく高橋さんが死んでくれたので頬被《ほおかむ》りを決め込んだわけか？　だから、高橋さんが亡くなった日に訪ねたことも隠した。それを話せば、何しに行ったんだと訊かれる。借金の話を遺族に知られれば、その返済を迫られる。だから、黙っていた。そういうことだよな？」

高虎が訊く。

「……」

猫田は青い顔でうつむいている。

一五

一二月一五日（火曜日）

本来であれば、高橋がホルモン投与を受けていた病院を訪ねる予定だった。

去年の四月から、高橋は二ヶ月毎に五〇万円を引き出していたが、その使途が不明で、もしかすると性転換手術の支払いに充てたかもしれないと推測したからだ。通院していた病院の主治医に手術の相談をしていただろうから、手術費用に関する話が聞けるのではないか、と冬彦と高虎は考えた。

しかし、その必要はなくなった。

高橋は猫田に二〇〇万円貸したのである。

金の使い道がわかってしまえば、主治医に会う必要もない。

二人は予定を変更し、高橋の高校の同級生、山崎裕也《ゆうや》に会うことにした。山崎は高橋が不登校になるきっかけとなったいじめ事件を引き起こした当事者の一人だ。同じく当事者の一人、有川雅史《まさし》と共に去年の夏、高橋がバイトしている居酒屋を偶然、訪れて高橋と再会した。当初、冬彦は、高橋がバイトを辞め、塞ぎ込むようになったのは、彼らと再会したことが原因かもしれないと考えた。実際には高校を卒業するとき、大島教諭の仲介で、いじめた生徒たちが高橋に謝罪し、和解が成立している。わだかまりはなくなっていたから、居酒屋で再会したときも快く挨拶を交わした。そう高橋の弟の真一が話してくれた。

居酒屋の主は、高橋が辞めたのは卒論の準備をするためだろうと言った。それを疑う理由はないし、高橋が塞ぎ込んでいたのは猫田に大金を貸したことが原因であることは間違いなさそうだから、今になって山崎や有田に会う必要はなさそうだ。

しかし、伝聞だけで済ませるのではなく、きちんと当人に会って話を聞くべきだ、と冬彦は心懸《こころが》けているので、大島教諭や真一が話してくれたことの裏付けを取るためにも会おうと思った。有川は関西系の銀行に入り、今は大阪にいる。今回は東京で仕事をしている山崎だけに会うことにした。

山崎の職場近くの喫茶店で冬彦と高虎は山崎と向かい合った。

「高橋の話を聞きたいと言われて驚きました。どういうことなんですか？」

刑事さんたちが再捜査をするなんて、もしかして高橋は自殺じゃなかったんですか、と好奇心を隠そうともせずに山崎が訊く。

「再捜査というわけではありません。再捜査すべきかどうかの予備調査のようなものです。今、自殺ではなかったのか、とおっしゃいましたけど、山崎さんは自殺ではないと思っているんですか？」

「去年の夏、高橋に会ったときはすごく元気だったし明るかったから。まあ、居酒屋でバイトしてるときだったから、何か悩み事があっても暗い顔なんかできなかったのかもしれませんが。でも、二度目に会ったときは、バイトが終わってから四人で他の店で飲んだんですが、そのときも、やっぱり、すごく明るかったんですよ。とても自殺しそうには見えなかったんですけどね。無理してたのかなあ。ぼくが会ったのは八月で、高橋が自殺したのは一一月だから、その間に何かあったのかもしれませんが……」

「待って下さい。山崎さんは高橋さんに二度会っているんですか？」

「ええ。最初に会ったときは、あの居酒屋で高橋がバイトしてるなんて知らなくて、店も混んでいたし、びっくりしただけでろくに話もできなかったから、日を改めてもう一度行ったんです」

「四人で飲んだとおっしゃいましたが、高橋さん、山崎さん、有川さんの三人ではなかったんですか？」

「一回目は、ぼくと有川の二人でしたけど、二回目は大島先生も一緒でした」

「大島先生が？」

「高橋に会ったことを有川が地元にいる同級生に教えたら、それが大島先生の耳にも入ったらしいんです。先生から有川に連絡が来て、東京に行く用事があるから一緒に高橋の店に行かないか、って。ぼくが行く必要はなかったんですが、有川が一緒に来てくれって言うので仕方なくついていきました。面倒だなと思ったけど、有川が先生と二人で高橋に会いに行くなんて気詰まりだとわかってましたから」

「それは、どういう意味ですか？」

「あ……別に深い意味はないです」

「それは違うでしょう。しまった、余計なこと言ってしまった、と後悔しましたよね？」

「いや、そんなことは……」

「隠し事はやめて下さい。高橋さんの死に関係していることかもしれないんですよ。正直に話して下さるまで、ぼくは諦めません。何度でも会社にも自宅にも伺います。今、話す方がいいと思いませんか？」

「そうですね……」

山崎が溜息をつきながら、そうですね、どうせ話すことになるのなら、さっさと話す方がいいですよね、秘密にしなければならない理由もないわけだし、とうなずく。

「大島先生が高橋に特別な感情を抱いているのは、みんな知っていたという意味です」

「特別な感情というと？」

「高橋のことが好きだということです。授業も面白いし、生徒の面倒見もいいし、こっちの話もきちんと聞いてくれるし、生徒からも保護者からも人気のある先生でした。依怙贔屓《えこひいき》なんかもしない先生だったけど、高橋に対する態度は度を超していたというか、露骨に高橋が好きだオーラを出していたというか……。陰では、みんな大島先生は高橋が好きなんだなって噂してました」

「高橋さんが不登校になったとき、大島先生が熱心に面倒を見たという話は聞いています。卒業前に山崎さんたちを説得して高橋さんと仲直りさせたという話も」

「説得なあ……」

　山崎の口許が歪む。

「違うんですか？」

「説得と言えば説得だけど、脅しみたいな説得でしたからね。卒業前に謝罪して円満に問題を解決しておかないと、進学してからも、就職してからも、何かあるたびに、おまえたちの犯した罪が掘り起こされることになる。おまえたちの将来にとって大きなマイナスになるんだぞ、この先、ずっと罪を背負っていく覚悟があるのか……そんな言い方でした。高橋のことになると大島先生がムキになることがわかっていたし、卒業してから変なことがあるのも嫌だから、今のうちに謝っておくことにしたんです。もちろん、自分たちのやったことを反省するという気持ちに嘘はありませんでしたが、自発的にそういう気持ちになったのではなく、あくまでも大島先生に強制された感じの謝罪でした」

「大島先生は、女性としての高橋さんを好きだったということなんでしょうか？」

「四人で飲んだとき、酔っていたせいかもしれないけど、手術なんかしなくていい、今のままでいいじゃないか、と高橋にしつこく絡んでました」

「高橋さんは？」

「うなだれて、真面目な顔で、お説教に耳を傾けていました。大島先生には世話になってるから反論できなかったのかもしれません」

「……」

冬彦と高虎が視線を交わす。

二人は同じことを考えていた。香苗が駅で振り返ったとき、改札近くで高橋と話していたという背の高い男は大島教論ではないのか、ということだ。

一六

山崎の話を聞いた後、冬彦と高虎は「何でも相談室」に戻った。理沙子と樋村も外回りから帰っていたので、冬彦は亀山係長に緊急ミーティングを開くように要請した。

「何か大切なことなのかな？」

「もちろんです。大切なことでなければ頼みませんよ」

「じゃ、じゃあ、やろうか……」

うふふふっ、と薄ら笑いを浮かべて、小早川君がミーティングをしたいというから、こっちに注目してもらえるかな、と遠慮がちに言う。わずか六人の小さな所帯だから、皆が亀山係長の方に椅子を向ければ、すぐにミーティングができる。

「去年の一一月に焼身自殺したとされる高橋真美さんの件に関して新たな展開があったのでお知らせします……」

これまでの捜査でわかったことを冬彦は簡潔に説明し、高橋の死には不審な点が多々あり、自殺と断定するには疑問が残ることや、亡くなった当日の行動に謎があることを説明する。その上で、午後三時過ぎに香苗が高橋と別れた後、大島教諭が高橋と会った可能性があり、それが事実だとすれば、大島教諭は高橋のレイプと焼死に深く関与している可能性があることを話す。

「その先生が高橋さんをレイプして殺したと警部殿は考えているわけですか？」

理沙子が訊く。

「断定はできないし、今のところ何の証拠もないけど、大島先生が犯人だとすると辻褄《つじつま》が合うんだ。高橋さんが亡くなった後、捜査員が高橋さんの部屋を調べたけど、部屋には荒らされた跡はなかった。見知らぬ人間が部屋に押し入って高橋さんを襲ったとは考えられないんだよ。高橋さんが知り合いを部屋に招き入れ、その知り合いが高橋さんを襲ったと考えるべきだと思う」

「その知り合いが大島先生だというわけですか?」

樋村が言う。

「うん」

冬彦がうなずく。

「捜査状況はわかった。で、このミーティングなんだけど、どういう目的があるのかな?」

亀山係長が控え目に訊く。

「決まってるじゃないですか。大島の逮捕ですよ。大島が高橋さんをレイプして殺したのか、それとも、レイプされたことにショックを受けた高橋さんが自殺したのか、今の段階ではわかりませんが、いずれにしろ、大島の犯罪は明白でしょう」

高虎が机を叩く。

「そんなに明白だとは思えませんけどね」

理沙子が首を捻る。

「寺田さんや警部殿が言ってることは推測ばかりじゃないですか。何の証拠もないし、状況証拠としても弱い。逮捕なんて無理ですよ」

「高橋さんが解剖されたとき、膣内から精液が検出されてるじゃないか。ＤＮＡ鑑定すれば、きっと大島のものだとわかるはずだ」

高虎が言う。

「たとえ一致したとしても何の証拠になるんですか？」

理沙子が訊く。

「レイプの証拠に決まってるだろうが」

「それは違いますよね、警部殿？」

「監察医の岸田先生によると、火傷による外傷がひどくてレイプだったかどうかの判断はできなかったそうだからね。ＤＮＡが一致しても、大島先生が高橋さんと性交渉したという証拠にしかならない。レイプだったか、合意の上の性交渉だったか区別できないだろうね。しかし、客観的に考えれば、高橋さんが大島先生と自発的に性交渉するとは考えられない。大島先生に限らず、他の男性ともね」

「性同一性障害だったからですか？」

樋村が訊く。

「それだけでも十分だけど、高橋さんが倉木さんを愛していたということが重要だね。倉木さんも同じ気持ちで、高橋さんが亡くなった当日にも二人は手術後の旅行の相談をしている。高橋さんが男性と性交渉するなんて考えられないよ。まだ肉体的には女性だったけど、男として倉木さんを愛していたんだろうから」

「おっしゃることはわからないでもないですけど、やはり、大島を逮捕するのは難しいと思いますね。レイプで起訴したとしても、合意の上だったと主張すれば、それを覆《くつがえ》す客観的な証拠はない。高橋さんが亡くなっていて、レイプを裏付ける証拠がないのでは起訴するのは無理ですよ。ましてや殺人で逮捕だなんて……」

理沙子が首を振る。

「やる気がないのか?」

高虎が理沙子を睨む。

「いや、安智さんの言うことは、もっともです。ぼくや寺田さんは、この事件の関係者にたくさん会っているから、大島先生が高橋さんをレイプしたのは間違いないし、恐らく、高橋さんの殺害にも関与しているだろうと確信していますが、それを他の人たちに納得させるのは簡単ではないということです。今の段階では、やはり、刑事課も動いてくれないでしょうね」

冬彦が小首を傾げる。

「じゃあ、どうするんですか?　ここまで来て諦めるんですか」

高虎が不満そうな顔になる。

「大島先生に自白してもらうしかありませんね」

「自白？　そう簡単に自白なんかするはずがないでしょう。逮捕して厳しく取り調べないとダメですよ。手緩《てぬる》いやり方をすると相手を警戒させるだけです。レイプについても殺人についても犯行を裏付ける証拠がないと知られたら貝のように口をつぐんで絶対に自白なんかしません」

「そうとは限りませんよ。人間心理というのは寺田さんが考えているより、ずっと複雑なんです。大きな罪を犯した人間というのは、その罪の重さに耐えかねて誰かに罪を告白したい、胸に抱えている秘密をぶちまけて楽になりたい、と考えがちなんです。平気な顔で秘密を抱えて生きていけるような人間は稀《まれ》なんです。本当の極悪人なんて滅多にいないんです。ぼくは大島先生は、そんなに悪い人じゃないと思うんです。案外、簡単に自白するような気がするんですけどね」

「自白しなかったら、どうするんですか？」

「そうですね……」

冬彦が首を捻りながら顎を撫《な》でる。

「そのときにまた考えましょう」

冬彦と高虎は宇都宮に行くことにした。大島教諭から話を聞くためだ。うまく自白を引き出すことができれば緊急逮捕できる。

しかし、仮に逮捕できたとしても大島教諭を宇都宮から杉並まで連れてくることはできない。宇都宮警察が大島教諭の身柄を拘束することになる。そのためには、事前に栃木県警に話を通しておく必要があるが、杉並中央署が直に栃木県警とやり取りすることはできず、上部組織である警視庁を通さなければならない。管轄外で、まして他府県での逮捕となると手続きが煩雑《はんざつ》なのである。

それ以前に杉並中央署内部での根回しも容易ではない。高橋の死に関しては、刑事課が再捜査する必要はない、と横田課長に一蹴《いっしゅう》されているのだ。

まずは横田課長を説得し、その上で谷本副署長の了解を得て初めて警視庁に話を持っていくことができる。その根回しをするのは亀山係長だ。

「あんたら、係長を胃潰瘍《いかいよう》にするつもりなの？」

と、靖子が冬彦と高虎に嫌味を言ったほどだ。確かに胃が痛くなるような厄介な役回りである。

しかも、苦労して根回ししても、大島教諭が自白しなければ、いや、そもそも冬彦の推理が間違っていれば自白どころの話ではない。警視庁や栃木県警を巻き込んで騒動を起こした責任を取らされかねない。始末書くらいでは済まないであろう。

「ど、どうしてもやらなければならないことなんだよね？」

心なしか震える声で亀山係長が訊く。

「そうです。やって下さい。お願いします」

冬彦が明るく言う。

理沙子と樋村は大塚の東京都監察医務院に赴き、高橋の膣内に残留していた精液の保管状況を調べ、今からでもＤＮＡ鑑定が可能かどうかを確認することになった。

一七

宇都宮。

高校の応接室で冬彦と高虎は大島教諭と向かい合って坐った。一昨日の日曜に会ったのと同じ場所だ。

「緊急の用件ということでしたが、いったい、何でしょう？」

大島教諭が訊く。

「いくつか質問させていただきたいんですが、構わないでしょうか？」

「どうぞ。わたしに答えられることであれば」

「高橋さんに対して特別な感情を持っていましたか？　女性として好きだったか、という意味です」

「は？　何なんですか、これは……高橋は生徒だったんですよ」

「去年の一一月二四日、つまり、高橋さんが亡くなった日、高橋さんに会いましたね？」

「いや、わたしは……」

「セックスしましたか？」

「ちょっと待って下さい」

大島教諭は明らかに動揺している。

「高橋さんと同意の上だったとは思えません。レイプしましたね？」

「……」

「高橋さんに騒がれたので、自殺に見せかけて公園で焼き殺しましたか？」

「え？」

大島教諭が両目を大きく見開く。

「わたしが高橋を殺したというんですか？」

「そうです。殺したんですか？」

「冗談じゃない。わたしは殺してません。なぜ、そんなことをするんですか。わたしが高橋を殺すなんて、まさか、そんな……」

「高橋さんの性転換手術に反対していましたね？」

「そ、それは……」

「嘘をつくのはやめませんか。高橋さんを愛していたのなら、正直に答えるべきではありませんか。高橋さんのためにも」

「賛成はしませんでした」

「反対したわけでしょう？」

「はい」

溜息をつきながらうなずく。

「それは高橋さんを愛していたからですね、女性としての高橋さんを？」

「そ、そうです」

大島教諭がポケットからハンカチを取り出して額の汗を拭く。いくら拭いても、汗がだらだら流れてくる。

「高橋さんの死の当日に部屋を訪ねましたね？」

「い、いいえ……」

「嘘をつくつもりですか？　午後三時過ぎに駅の改札近くであなたと高橋さんが話している姿が目撃されています。駅から部屋に行きましたね？　で、高橋さんをレイプした。高橋さんは司法解剖され、膣内から精液が検出されています。ＤＮＡ鑑定をすれば、あなたのものだと確かめることができます。それでも否定しますか？」

「愛していたのなら、ここで嘘をつくのは高橋さんを侮辱することになると思いませんか？」

「い、いや……あの……」

「あんなことをするつもりはなかったんです。わたしは、ただ……ただ高橋の力になりたかっただけなんです。それなのに……」

大島教諭ががっくりと肩を落とす。

「いったい、いつから高橋さんが好きだったんだ？」

高虎が呆れたように訊く。

「不登校になって、いろいろ相談を受けるうちに……。もちろん、自分の立場を自覚していましたから、在学中は気持ちを抑えました。去年の夏、東京で再会して、そのときは山崎や有川も一緒だったんですが、高橋は見違えるようにきれいになってました。男のような姿をしてましたが、わたしの目にはボーイッシュで美しい女性として映りました。酒を飲んでいたせいもあるでしょうが、つい本音を口にしてしまって……手術なんかしなくていいじゃないか、と言いました」

「高橋さんに最後に会ったのは、去年の夏、高橋さんが学校に訪ねてきたときだと言ったのは嘘だったわけですよね？　訪ねてきたことも嘘なんですか」

「いいえ、それは本当です」

「散歩がてら寄ったわけではないんですね？」

「電話したり、メールを送ったりするのをやめてくれ、と頼みに来たんです。迷惑だったみたいで……」

「ストーカーかよ」

高虎が、ちっ、と舌打ちする。

「その後も高橋さんに会いましたか？」

「わたしは東京の大学を出てますから、今でも東京には知り合いが多いんです。東京に行くたびに高橋に会いました。高橋に迷惑がられていることは承知していましたが、どうにも気持ちを抑えることができなくなってしまったんです」

「一一月二四日には自宅まで押しかけたわけですね？」

「近々、高橋が性転換手術を受けるらしいという噂を耳にして居ても立ってもいられなくなったんです。たまたま大学の同窓会があったので、それに合わせて上京しました」

「部屋に入り込んで、高橋さんをレイプしたわけですね？」

「強引だったことは認めますが、レイプだったとは思っていません。わたしの気持ちは高橋にも通じたはずです。本当に嫌だったら、もっと激しく抵抗したはずですから」

「あんた、自分がどれだけ図体がでかいかわかってるのか？　華奢な高橋さんがいくら抵抗してもかなわないだろうよ」

高虎が不快そうに顔を顰める。

「高橋にも謝りました。強引なやり方だったことはすまないと思うが、愛しているからこそだと理解してほしい。手術なんか受けなくても、きっと幸せにしてみせる、と言い残して帰りました。高橋は何も言いませんでしたが、気持ちは通じたと確信しています」

「おいおい、ちょっと待てよ。この期に及んでごまかす気か？　レイプして終わりじゃないだろうが。公園で焼き殺したんだろう？　教えてやるが、高橋さんは体に火をつけられたとき、まだ生きてたんだぞ。生きたまま焼かれたんだ。ひどいことをしやがって……。少しでも申し訳ないと思うのなら、すべての罪を認めろ」

高虎が腹を立てたように言う。

「すべての罪って……。わたしは高橋を殺してませんよ」

「それを証明できますか？」

大島教諭の目をじっと見つめながら冬彦が訊く。

「あの日は午後七時から都内のホテルで大学の同窓会がありました。二次会にも参加したので、宿泊先のホテルに戻ったのは一時過ぎだったと思います。それでは証明になりませんか？」

一八

大島教諭は、高橋と強引に性交渉したことは認めたものの、殺人は頑《がん》として否認した。

冬彦は亀山係長に連絡を取った。刑事課の横田課長と谷本副署長を説き伏せ、何とか警視庁までは話が通じるようになっていたものの、警視庁から栃木県警までは話が通じていないという状況だった。よほど苦労したのか、亀山係長は今にも死にそうな声だった。

直に横田課長に説明する方が早いと考え、冬彦は刑事課に電話した。事情を聞いた横田課長は、大島教諭の告白した内容だけでは、レイプで起訴するのも難しいと言った。司法解剖の際、全身の火傷がひどかったせいでレイプされたときに生じる外傷を発見できなかったし、何よりも被害者が死亡しているのが問題なのだ。レイプは基本的には親告罪だからである。もちろん、レイプが原因で被害者が死亡したとなれば、殺人罪か傷害致死罪が適用されるが、大島教諭が高橋を焼き殺した証拠は何ひとつない。

「逮捕は無理だな」

というのが横田課長の判断だった。

それでも冬彦は食い下がり、逮捕が無理なら、任意同行を求めて事情聴取してほしい、と訴えた。その間にアリバイを調べ、アリバイが崩れれば、大島教諭が高橋をレイプした後に焼き殺した疑いが強まるからだ。

「限りなくこじつけに近い状況証拠でしかない」

と、横田課長は消極的だったが、それでも谷本副署長に相談してくれることになった。

その間、冬彦、高虎、大島教諭は応接室で待った。

二〇分ほどして、任意同行を認めるという連絡が横田課長から入った。谷本副署長が警視庁に連絡を入れ、警視庁から栃木県警に応援要請が入るという流れだ。その三〇分後、栃木県警の捜査員が現れた。

「大島先生、ご同行をお願いします」

「わたしを逮捕するんですか？」

大島教諭の顔色が変わる。

「改めて詳しい話を聞かせていただくだけです。身の潔白を証明するために必要なことですよ……」

任意同行を拒否すれば、かえって疑われることになるし、逃亡を阻止するために捜査員が張り付くことになる、と冬彦が言う。

「わかりました」

がっくりと肩を落として、大島教諭は任意同行を承知した。

冬彦と高虎も栃木県警に向かう。

二時間ほどして、杉並中央署の脇谷と鶴岡、それに警視庁捜査一課の刑事が二人やって来た。

大島教諭に任意同行を求めるに至った経緯を冬彦が説明する。脇谷と鶴岡は高橋の死を調べた当事者だし、捜査一課の刑事たちも新幹線で移動する途中、高橋の死に関する報告書を読んでいたので話の飲み込みは早い。

「殺しについても黒なら話は簡単だな。火をつけられたとき被害者が生きていたとわかっているわけだから明らかに殺人だ。傷害致死じゃない。問題は、アリバイが成立したときだな……」

捜査一課の中年の刑事が首を捻る。

「レイプだけだと起訴できないということですか？」

冬彦が訊く。

「合意の上だったと言い張れば、その主張をひっくり返すのは難しい。被害者が生きていれば別だが」

冬彦と高虎は、彼らに捜査をバトンタッチして東京に戻ることにした。この段階まで来てしまうと、もはや「何でも相談室」の案件ではない。

新幹線に乗り込んで高虎が駅弁を食べ始めたとき、冬彦の携帯が鳴る。

「はい、小早川です。安智さんか……どうしたんですか……」

しばらく理沙子の話に耳を傾ける。

そうですか、わかりました、と小さな溜息をつきながら携帯を切る。

「大島先生、アリバイがあるそうです」

「え？」

「本庁の捜査員が同窓会に出席した人たちに確認したところ、大島先生は同窓会に出席し、二次会にも参加したそうです。少なくとも五人以上の同窓生が証言したのだから間違いないですね。午後七時から午前一時まで完全にアリバイが成立します」

「てことは……」

「高橋さんを殺害していない、ということになりますね」

「何だか腑に落ちないなあ……」

後方に流れていく景色を新幹線の窓から眺めながら高虎がつぶやく。駅弁を袋にしまう。食欲がなくなったらしい。

「そうですね」

冬彦が浮かない顔でうなずく。

「てっきり高橋さんをレイプして殺したと思ったのになあ。そうじゃないとすると、レイプされたショックで自殺しちまったのかなあ。どっちにしても、あのバカ教師のせいじゃないか。それなのに、レイプだけだと起訴できないなんて……。こんなバカな話があっていいのか……。たとえ任意同行だとしても警察の取り調べを受けたことが世間に知られれば学校にもいられないだろうし、それなりに社会的な制裁を受けることになるんだろうが、それっぽっちの制裁じゃあ、高橋さんも浮かばれないよ」

高虎が憤慨する。

「……」

冬彦は何も言わず、難しい顔で考え事をしている。深い溜息をつくと、高虎も黙り込む。

東京に着くまで二人は口を利かなかった。

新幹線を降りると、

「寺田さん、署には一人で帰ってくれませんか」

「どうしたんですか、ショックで直帰ですか?」

「何のショックですか?」

「見込みが外れたじゃないですか。警部殿だって大島が犯人だと思ってたんでしょう?」

「ええ、そう確信してました。まさかアリバイが成立するとは……。意外でしたね。見込みだけで捜査してはいけないと反省しました。やはり、大切なのは事実の積み重ねなんですね。そして、相手の嘘を見抜く目です。ぼくは人並以上に嘘を見抜く力があるとうぬぼれてました。だけど、そうじゃなかったみたいです。大切なのは嘘を排除して、真実だけを残していくという地道な作業なんだと思い知らされました」

「急に謙虚な人間になりましたね。どういう心境の変化ですか？」

高虎が驚いたような顔になる。

「嘘に惑わされずに真実を見付けるには情報が必要です。でも、『何でも相談室』ではできないこともあります。だから、警察庁に行ってきます」

「またコネを使って何かするつもりなんですか？」

「そうです」

「じゃあ、おれも一緒に行きますよ。署に戻っても暇だし。警察庁に行く機会なんか滅多にないですからね」

「滅多に、というより、恐らく、一生、ないでしょうね。所轄の巡査長が行くところではありませんから」

「ムカつくなあ……。何も変わってない。全然謙虚じゃないよ」

高虎が顔を顰める。

一九

警察庁のロビー。

冬彦と高虎が椅子に坐っている。

刑事局の胡桃沢大介《くるみざわだいすけ》警視正がせかせかした足取りで近付いてくる。何かに腹を立てている様子で、顔が紅潮している。

「おい、どういうつもりだ？」

冬彦の前に立つと、押し殺した声で言う。

「こんにちは、胡桃沢さん。お願いがあってきたんです」

冬彦は明るい表情だ。

「お願いだと？　ふざけるな。先月、無茶な頼みを聞いてやっただろう。またなのか」

一万円札の投げ込み事件に関連する盗難事件の再捜査を谷本副署長に承知させるために、冬彦は胡桃沢の手を煩わせたのだ。先月一〇日のことである。

「あのときは、ありがとうございました。おかげで無事に事件を解決することができました」

冬彦がぺこりと頭を下げる。

「で、何だ、頼みというのは？」

「警察庁が管理している『マザー』のことなんですが……」

「しっ！」

胡桃沢が慌てて冬彦の口を押さえる。周囲を見回すが、今の言葉に反応した者はいない。高虎もぼーっとしている。

「口に注意しろ。そもそも、なぜ、君がその存在を知っている？」

「科警研にいるときに知りました。あそこでは何かと情報が必要ですからね。急いで何かを調べたいときは上司に頼めばすぐに『マザー』を……」

「よせ」

また冬彦の口を押さえる。

「その言葉を口にするな」

「じゃあ、何と言えばいいんですか？」

「そうだな、『お母さん』とでも言え」

「わかりました。『お母さん』を使わせてほしいんです。お願いできますか？」

「バカな！」

胡桃沢が舌打ちする。

『マザー』というのは警察庁にあるスーパーコンピューターである。日本中の警察に関する情報と警察が集めた情報を一元的に管理している。『マザー』は存在自体がトップシークレットで、ごく限られた者しかアクセスできない仕組みだ。アクセス許可を与えられるのは、犯罪捜査に関係する部門の部長以上の役職に就いており、かつ、警視長以上の階級の者と決まっている。例外的に警視長である課長、もしくは警視正である部長に許可されることもあるが、それは警察庁の職員を対象とした規定で、警視庁の職員に例外が認められたことはない。まして所轄の捜査員など問題外である。

「無理に決まってるだろう。わたしだってアクセス許可を持ってないんだぞ」

「島本《しまもと》さんに頼んでもらえませんか？」

「島本さんだと？　きさま、図々しい……」

胡桃沢の顔が激しい怒りでどす黒くなる。島本雅之《まさゆき》警視監は警察庁刑事局の局長である。胡桃沢の直属の上司だ。所轄の刑事風情が口を利ける相手ではない。

「訊いてみてもらえませんか？　きっと島本さんなら承知してくれると思います」

「……」

胡桃沢は何か言いかけるが、その言葉を飲み込んで携帯を取り出す。冬彦から離れ、送話口を手で隠しながら島本に電話する。しばらく話していたが、やがて電話を切ると冬彦のそばに戻り、

「一時間だけだ。それ以上はダメだ。もうひとつ、この件は絶対に口外するな。約束する

か？」

「わかりました」

冬彦が椅子から立ち上がる。

「ついてこい」

胡桃沢が歩き出そうとすると、高虎ものっそり腰を上げる。

「ああ、おたくはダメだ。ここで待つように」

「ぼくの相棒なんですが」

「ダメだ。気に入らないのなら、ここで帰れ」

胡桃沢がぴしゃりと言う。

「いいですよ、ここで居眠りしてます。どうせ難しいことは、おれにはわからないしね」

「せっかくだから警視庁に行って、ＳＲＯでも見学させてもらったら、どうですか？　胡桃沢さんが紹介してくれますよ。どうやって近藤房子《こんどうふさこ》や林葉秀秋《はやしばひであき》のような殺人鬼を逮捕したか、話を聞くだけでも楽しそうじゃないですか」

「おいおい……」

胡桃沢が苦い顔になる。

「結構です」

また椅子に腰を下ろすと、高虎は腕組みして目を瞑る。

「ふうん、面白そうなのになあ……。ま、いいか。一時間で戻ります」

冬彦は胡桃沢の後についてエレベーターホールに向かう。


一時間後……。


「寺田さん、起きて下さい」

いびきをかいて眠りこけている高虎の肩に手をかけて揺する。

「う、うう～ん……」

高虎がぼんやり目を開ける。

「いろいろなことがわかりましたよ。さあ、行きましょう」

「どこに行くの？　署に帰るんですか」

「いいえ、神保町に行くんです」

二〇

かれこれ一時間近く、冬彦と高虎は応接室で待っている。

ドアが開いて、猫田俊夫が顔を出す。わざとらしく大きな溜息をつきながら冬彦たちの向かい側のソファに坐る。

「いったい、何なんですか、勤務先にまで押しかけてくるなんて？　正直に言いますが、ものすごく迷惑です。年末で忙しいときだというのに……。こっちにも都合があるんですよ」

吸っていいですか、と断りを入れることもなく、猫田はタバコを口にくわえて火をつける。

「猫田さんは嘘ばかりついていますね」

「は？　何を言ってるんですか」

「高橋さんが悩むようになったのは、性転換手術をご両親に反対されたのではないか、とおっしゃいましたが、ご両親は反対などしていませんでした」

「それが？　何か思い当たることがないかと訊かれたから、もしかしたら、そういうことかもしれないと言っただけですよ。別に嘘をついたわけじゃありません」

「高橋さんが亡くなった当日に会っていたのに、ごまかそうとしましたよね？」

「それについては、昨日、きちんと説明したじゃないですか。確かに高橋が死んだ日の朝、部屋に行きました。借金の返済について話しに行ったんです。高橋も納得してくれました」

「猫田さんに大金を貸したことで高橋さんは悩んでいたのは確かです。卒業までに手術を受けるつもりでいたのに、いつまでも返してもらえないので三回目の五〇万円を貸した頃から高橋さんは落ち込んで悩むようになったわけじゃないですか。一〇月にも五〇万円貸してしまい、トータルで二〇〇万円もの大金を貸してしまった。一一月になっても一円も返済されていないんですから、高橋さんとすれば心配でたまらなかったはずです。違いますか？」

「きちんと返すつもりでいたんです。家を売却して、そのお金で……」

「大切なお金を貸し続けたのは、倉木さんに秘密を知られたくなかったからですよね？　秘密を楯《たて》にお金を借り、一円も返していないとすれば恐喝罪に問われる可能性もありますよ」

「馬鹿馬鹿しい。ぼくは高橋を恐喝なんかしてません。友人としてお金を貸してもらっただけです」

猫田は不機嫌そうにタバコを揉み消すと、テーブルに置いてあったグラスを手に取り、オレンジジュースを飲む。二本目のタバコを吸い始める。

「高橋さんのご家族は、高橋さんが猫田さんに二〇〇万円貸したことを知りませんでした。高橋さんが亡くなって一年以上になるのに、今に至るまで猫田さんはお金を一円も返済していない。そうですよね？」

「……」

猫田が苦い顔になる。

「最初、ぼくは、こう考えました。猫田さんが嘘をつくのは借金のことを隠すためだろう、と。誰にも知られなければ返済する必要もありませんからね」

「……」

「思い込みは恐ろしいですよね。そんな風に単純に考えてしまったために、迂闊《うかつ》にも、ふたつの大原則を忘れていたんです。ひとつは、殺人の動機です。通り魔殺人なんかは大々的に報道されるから、頻繁に起こっているように思いがちですが、実際には、そんなことはありません。見ず知らずの他人に命を奪われる割合は、殺人事件全体からすれば微々たるものなんです。身近な人間に殺される方が圧倒的に多いんですよ。そして、その動機は、お金と怨恨です。特に金銭関係のもつれですね。誰かにお金を貸し、その返済を催促したら殺されてしまった……そんなパターンがものすごく多いんです。だから、殺人事件が起こったら、まず被害者の金銭関係を調べるのが常識なんです。猫田さんが高橋さんから大金を借りていた事実をもっと重視すべきでした」

「……」

「もうひとつの原則は、嘘つきは何度でも嘘をつく、ということです。ひとつの嘘を隠すために別の嘘をつく。嘘がふたつになると三つ目の嘘をつく。四つ目の嘘、五つ目の嘘というように嘘から嘘が生まれてくるわけですよ。ぼくの言いたいこと、おわかりになりますか?」

「さっぱりわかりませんね」

猫田が首を振る。

「猫田さんは、ぼくたちにいくつも嘘をついた。そうだとすれば、他にも嘘をついているのではないか、と考えたわけです。少し調べてみました……」

冬彦が手帳を開く。『マザー』を使って調べた情報がびっしり書き込まれている。

「去年の春、お父上が亡くなっていますね？　長い闘病生活の末に亡くなったので治療費がかさみ、それで借金ができて生活が苦しくなった……そうおっしゃいましたよね？」

「ええ」

「嘘です」

冬彦は、じっと猫田の目を見つめながら言う。

「お父上が亡くなったのは本当ですが、病気で亡くなったわけではない。自殺ですよね？　ご自宅で首を吊って亡くなった。違いますか？」

「だから、何だというんですか。世間体が悪いから病死ということにしてあるだけです。他人にとやかく言われる筋合いはありません」

猫田が開き直ったように言う。

「保険金が下りたものの、借金の返済ですべて消えたんですよね？　それで生活が苦しくなって高橋さんに借金を申し込んだ。この部分は正しいですか？」

「……」

「高橋さんが亡くなった当日の朝、部屋を訪ねたのは事実だし、そこで借金返済の話をしたのも本当でしょう。倉木さんの話によると、高橋さんはそれまでにないくらい上機嫌だったそうですが、それは猫田さんがきちんと返済すると約束したからだと思います。しかし、それは口先だけの約束で二〇〇万円を返す当てはありませんでしたよね？」

「だから、家を売却して……」

「お父上が亡くなった直後、銀行に差し押さえられて競売にかけられてしまった家のことですか？　もはや自分のものでもない家をどうやって売るつもりだったんですか」

「そ、それは……」

猫田の顔色が変わる。

「返済する目処もないのに約束したのは、恐らく、高橋さんが強く返済を迫り、どうしようもなかったからでしょう。だから、その場しのぎの嘘でごまかすしかなかった。いったい、どうするつもりだったんですか？　すぐにばれる嘘なのに」

「……」

「午後三時過ぎまで高橋さんは倉木さんと一緒だったことがわかっています。午後六時過ぎまでは高校のときの担任・大島先生と一緒でした。その後、亡くなるまでの数時間、何があったのかわからないんですが、ぼくは猫田さんが高橋さんの部屋にいたと思っています。高橋さんから呼びつけられたんじゃないですか？　高橋さんは朝に会ったときとは別人のように変わっていたはずです。猫田さんにひどい言葉を投げつけたんじゃないんでしょうか。さっさとお金を返してほしい、いつまでも返してくれないから手術を受けることができない、だから、こんなひどい目に遭わされた……高橋さんは大島先生にレイプされたんですよ。ご存じでしたか？」

「知るはずがない」

猫田が首を振る。

「お金を返さないと訴えるとか、倉木さんに話すとか、高橋さんが言い出したんでしょう。興奮しやすい人だったみたいですからね。猫田さんは高橋さんを黙らせようとした。口を塞いだのか、首を絞めたのか、どうやったのかはわかりません。しかし、二人の体格差を考えれば、高橋さんを黙らせるのは簡単だったでしょう。猫田さんは高橋さんが死んだと思い込んで偽装工作を始めた……」

冬彦は言葉を切ると、まじまじと猫田を凝視する。

「どうやって、この場をごまかして切り抜けようか、こっちが何か証拠をつかんでいるのか……そんなことを考えてるんですよね？　自殺に見せかけて高橋さんを殺した手際のよさからすると、それ以前から高橋さんを殺害する計画を練っていたんじゃないのかな。その場で思いつくようなことではありませんよね。高橋さんが高校生のときに自殺未遂事件を起こしていることも聞いていただろうし、そのときに書いた遺書を見せてもらったのかもしれない。灯油を浴びて自殺するというのは突飛な感じがしますが、以前に同じやり方で自殺未遂を起こしているわけだから高橋さんにとっては突飛ではない。遺書が見付かって自殺と断定されれば、警察が捜査を打ち切ることも知っていたのかもしれない。警察関連の本を読めば書いてあることですからね。日記を付ける習慣があったのに高橋さんの部屋に日記は残っていなかった。猫田さんが持ち去ったんですよね？　借金のことが書いてあるから。必死にお金を貯めていた高橋さんのことですし、大切なお金を貸すわけですから、きっと借用書もあったはずです。しかし、日記も借用書も見付かっていない。五〇万円の借用書を四枚、日記と一緒に奪いましたね？」

「ふんっ」

猫田が三本目のタバコを吸い始める。

「まるで安っぽいテレビドラマですね。あまりにも下らなくて馬鹿馬鹿しいから推理小説にもなりませんよ。刑事さんが頭の中で作り上げた妄想じゃないですか。何の証拠もない。身に覚えがないので、ぼくは、すべて否定します」

「証拠はありますよ」

「え？」

「まずは、これ」

灰皿から吸い殻をつまみ上げると、ポケットから取り出したビニール袋に入れる。

「これでDNAを採取します。次は、これ」

猫田が手に取ったグラスを、冬彦はハンカチで包み込む。

「指紋が採れます。高橋さんが焼死した現場からジャムの空瓶に入った遺書が見付かっています。実は、遺書にも空瓶にも身元のわからない指紋が付着してるんです。猫田さんの指紋と照合すれば、どうなるでしょうね？」

「くそっ、そのグラスを返せ！　会社のものだぞ」

「いいえ、違います。このグラスも、中に入っていたジュースも、ぼくが持ってきたんですよ。猫田さんが勝手に飲んだんです」

冬彦がにこりと笑う。

二一

一二月一六日（水曜日）
「係長、お願いします」
事務的な連絡事項を皆に伝えると、三浦靖子が亀山係長に顔を向ける。
朝礼の最後は亀山係長の訓示で締め括るのだ。もっとも、これまで訓示らしい訓示をしたことは一度もない。

「今日も一日、元気にがんばっていこう。あ……猫田俊夫が犯行を自供したそうだよ。さっき刑事課から連絡があった……」

その連絡内容を、かいつまんで説明する。

「たった一晩で落ちるとは根性のない奴だ」

高虎が、ふんっ、と鼻で笑う。

「友達の頭から灯油をかけて焼き殺すくらいだから筋金入りの悪党だと思ってたんですけどね」

樋村が肩をすくめる。

「極道とは違うからね。所詮、素人だもの。厳しい取り調べを受けたら、そうそう耐えられるものじゃないわよ」

理沙子が言う。

「それにしても猫田が自供した犯行の詳細、ほとんど警部殿が推理したのと同じじゃないですか。すごいですね」

高虎が感心したように言う。

「大したことではありませんよ。誰にでも想像できる程度のことでしたから」

冬彦は素っ気ない。

「やっぱり、謙虚じゃないなあ。ものすごく傲慢に聞こえるのは、おれだけか？」

高虎が嫌な顔をする。

「でもさあ、不自由なく育って、いい大学に入って、何の不満もないはずなのに、どうして、こんな間抜けな事件を起こすかね？　いい会社に就職して前途洋々じゃん。確かに二〇〇万円は大金だけど、親友を殺して、自分の人生を棒に振るほどの大金じゃないよ。他にやりようはなかったのかしらね？」

靖子が首を捻る。

「父親の自殺をきっかけに一気に生活が苦しくなったみたいなんです。それまでは贅沢で羽振りのいい暮らしをさせてもらっていたらしいので、いきなり生活を変えることができなかったんでしょう」

冬彦が言うと、高虎もうなずき、

「生意気に自分の車なんか乗り回してやがったんだ。親友に金を借りる前に車を処分しろって話だよな。まあ、その車があったから高橋さんをマンションから公園まで運ぶこともできたわけだが……」

「車がなければ、自殺に見せかけて公園で焼き殺すなんてことを思いつかなかったのかしら？　レンタカーを借りれば、簡単に足がつくだろうし」

理沙子が小首を傾げる。

「それならそれで別のやり方を捻り出したでしょうね。高橋さんが最初に自殺未遂したときには手首を切っていますから、高橋さんを浴槽に入れて手首を切るくらいのことは考えたでしょう」

「その方が簡単じゃないですか。公園まで運んで、自殺に見せかけて焼き殺すなんて、あまりにも派手すぎるし、誰かに目撃されたら一発でアウトですよ」

樋村が言う。

「その代わり、公園なら物証は少ないよ。部屋で殺害した場合、すんなり自殺と認定されればいいけど、ちょっとでも不自然な点があれば鑑識が徹底的に部屋を調べることになる。そうすれば、猫田さんが部屋にいた証拠が見付かるし、取り調べを受けて、身辺調査されれば怪しい点が出て来る」

冬彦が言う。

「なるほど、公園で自殺に見せかければ、鑑識が調べても猫田がいた証拠はそう簡単には見付からないからなあ。遺書が見付かれば調査も打ち切られてしまうし……。実際、そうなった。遺書が見付かったせいで高橋さんの部屋には鑑識が入っていない」

高虎がうなずく。

「わたしからもひとつ質問があるんだけど、いいかな、小早川君?」

亀山係長が口を開く。

「どんなことですか？」

「遺書が置かれていた場所が気になってね。植え込みの陰で見付かったんだよね？　なぜ、もっと人目につきやすい場所に置かなかったのかと思ってね」

「ああ、それは、ぼくも疑問でした。遺書を人目につかない場所に置くのは不自然ですからね。自分の体に火をつけようとするわけですから、遺書をそばに置くと焼けてしまうと心配したのかもしれないけど、ジャムの瓶に入れてありましたからね。そう簡単には焼けないはずです。その点については、まだ自供していないようですが、遺書が見付かった場所に猫田さんが身を潜めていたのかもしれませんね」

「そこから高橋さんが焼け死ぬのを眺めていたということですか？」

理沙子が驚いたように訊く。

「マンションから公園まで運ぶ段階で、高橋さんが生きていることに猫田さんは気が付いたと思うんです。だから、火をつけた後に高橋さんが騒ぎ立てるようなことがあってはまずい……そう考えて、植え込みの陰から様子を窺っていたんじゃないでしょうか。予想よりも早く消防車のサイレンが聞こえてきたので、その場に遺書を置いて慌てて逃げ出した……案外、そんな単純なことじゃないかという気がします。猫田さん自身にしかわからないことですが」

冬彦が答える。

「これで一件落着ということかね。ようやく高橋さんも浮かばれるかな……」

亀山係長が言うと、

「もうひとつ大きな仕事が残っています。ねえ、寺田さん？」

「ああ、そうだね。気が重いけどな」

冬彦の言葉に高虎がうなずく。


朝礼が終わると、冬彦と高虎は倉木香苗の家に向かった。去年の一一月二四日、香苗が高橋と駅で別れた後、高橋の身に何が起こったかを説明するためである。猫田を逮捕したのは、昨日の夜、遅い時間だったので、まだ朝刊にも載っていない。

冬彦は猫田が高橋を殺害したと確信していたが、まだ犯行を裏付ける決定的な証拠がないので香苗に知らせることを控えた。

しかし、今朝になって猫田が自供したので香苗に事情を説明することにしたのだ。香苗が新聞報道で知る前に自分の口で知らせたかった。

「真相が明らかになったわけですけど、倉木さん、こんな真相を知りたいんですかね？」

ハンドルを握りながら高虎がつぶやく。

一〇日前に香苗が「何でも相談室」にやって来たのは、高橋の死が自殺とは思えないから、調べ直して他殺だと明らかにしてほしいと頼むためだった。

「確かに残酷な現実ですよね。でも、倉木さんは高橋さんの死に責任を感じて、就職まで棒に振って、もう一年以上、引き籠もり生活を続けているんですよ。直に手を下したのは猫田さんですが、レイプという手段で高橋さんの心を踏みにじった大島先生の罪も重い。高橋さんを死に追いやったのは、その二人で、倉木さんには何の責任もない。それを知って納得できれば、倉木さんももう一度、前に進む力が出るんじゃないでしょうか」

「そう簡単にいくかねえ」

「もちろん、簡単ではないと思います。でも、そう信じたいじゃないですか。天国にいる高橋さんだって、倉木さんが立ち直ることを望んでいるはずですよ」

冬彦が言うと、ああ、そうだろうね、きっと高橋さんもね、と高虎がうなずく。

二二

一二月一九日（土曜日）
梅里中央公園。
千里が小首を傾げながら周囲を見回す。いつものベンチに登紀子の姿が見当たらないのだ。念のために公園全体を歩き回って探してみるが、やはり、どこにもいない。
約束して待ち合わせたわけではないし、たまに公園にいないからといって、さして心配する必要はないのかもしれないとも思うが、今日は何だか気になった。この前の日曜日の別れ方が引っ掛かるのだ。

新高円寺駅の近くで見知らぬ老婆に話しかけられて登紀子は顔色を変え、気分が悪いと帰宅したのである。

（無理もないわよね。いきなり変な人に話しかけられたら、誰だってびっくりするもん）

上品で繊細な人だから、あれがきっかけで体調を崩したのではないか、と心配になる。

一時間ほど、本を読みながら待ったが、やはり、登紀子は現れない。

（うちに行ってみよう）

千里はベンチから立ち上がる。正確な住所はわからないが、松ノ木三丁目、稲荷神社の近くにある白亜の豪邸だ。一度しか見たことはないが、一度見れば忘れることができないほど特徴的な家だった。


「小早川と言います。登紀子さんはいらっしゃいますか？」

インターホンを押して、千里が訊く。

「え、何ですって？　もう一度、名前をおっしゃって下さいます？」

「登紀子さんです」

「そんな人はうちにはおりません」

「漆原登紀子さんです。六〇過ぎくらいの上品なおばあちゃんなんですが」

「うちに年寄りはいません」

「でも……」

「しつこくすると警察を呼びますよ」

「すいません。家を間違えたようです」

千里は詫びを口にすると門から離れる。

おかしいな、と思いながら歩き出す。

確かに表札は「小坂《こさか》」となっている。「漆原」ではない。特におかしいとは感じなかった。主の姓が小坂であっても、何らかの事情で登紀子が別姓を名乗っている可能性もあるからだ。現に冬彦が住んでいる実家には今でも「小早川」という表札がかかっている。喜代江の姓である「渋沢」の表札ではない。

しかし、警察に通報するとまで言われたのでは諦めるしかない。うちには年寄りはいない、という言葉も引っ掛かる。

（家を間違えたのかな）

そうとしか思えないが、確かに、登紀子は、あれが自分の家だと指差したのだ。似たような小さな家が何軒も並んでいるというのなら間違えようもあるが、ひときわ目立つ白亜の豪邸である。他の家と間違えようはない。

とは言え、冷静に記憶を辿ってみると、登紀子が豪邸に入るのを見たわけではない、と思い出す。

何だか変だな、と首を捻りながら、千里は歩き続ける。ぼんやりしていたせいで自分がどこを歩いているのかわからなくなってしまう。ごみごみした小路に入り込んでいる。

背後からクラクションを鳴らされて、慌てて路肩に身を寄せる。千里のすぐ横をミニバンがかなりのスピードで走り抜けていく。

「乱暴だなあ」

ミニバンを目で追う。太陽がにこにこしているイラストと「宅配弁当」というロゴが目に付く。

「こんな狭い道を弁当屋がすっ飛ばしてどうするのよ……」

口の中で文句を言いながら真っ直ぐ歩いて行き、突き当たりで立ち止まる。右に行こうか、左に行こうか、千里は思案する。顔を右に向けたとき、さっきのミニバンが三〇メートルほど先に停車しているのが目に付く。古ぼけたアパートの前だ。

青い制服を着た男が弁当の入ったビニール袋を提げて外付け階段を上っていく。パンチパーマをかけた小太りの男で、二〇代半ばくらいの年格好だ。

(あいつか。見るからに感じの悪い奴。あんな奴に配られたら、どんなお弁当だってまずくなるに決まってる)

眉間に皺を寄せて、千里がその男を睨む。

その男は階段を上りきると、一番手前の部屋をノックする。いや、ノックというよりは、乱暴に叩いているだけだ。やがて、ドアが開く。

（あ）

千里は声を上げそうになり、思わず両手で口を押さえる。

（登紀子さん……）

部屋から出てきて、弁当を受け取っているのは漆原登紀子である。

だが、いつもの登紀子とは明らかに様子が違っている。髪は乱れているし、化粧していないせいか、ひどく顔色が悪く見える。身に着けているものも、公園にいるときは、シンプルで上品なものばかりなのに、今は派手な色合いの、どうみても安物としか見えないカーディガンを肩にかけ、その下には野暮ったいパジャマを着ている。どこか具合でも悪くて臥せていたのではないか、という風に見える。

（嘘……。おかしいよ、こんなの。あれは登紀子さんじゃない……）

呆然と見つめていると、その老女がひょいと千里の方に顔を向ける。一瞬、千里と目が合う。

咄嗟に踵を返し、足早に道を戻り始める。見てはいけないものを見てしまったような強烈な罪悪感に襲われている。千里と目を合わせた老女は間違いなく漆原登紀子だったのである。

松ノ木三丁目付近から、千里は新高円寺駅に向かった。すぐ駅に入らず、駅の周辺をうろうろ歩き回ったのは、

(もしかしたら、あの人に会えるかも……)

と期待したからだ。

あの人というのは、この前の日曜日に登紀子に話しかけてきた小柄な老婆である。

「あんた、キャサリンだろ? わたしを覚えてないかい。リンダだよ、リンダ」

人違いです、と登紀子は否定したものの顔色が変わっていた。

リンダと名乗った老婆の姿を思い返すと、地味な色合いのフリースジャケットにくたびれたジーンズ、サンダル履きで右手に買い物袋……余所行きの格好には見えなかったから、この近くに住んでいるのではないか、と思う。駅の近くのスーパーで買い物をする習慣があるのなら、また通りかかるかもしれないと考えた。

二時間ほど経って、だいぶ日が陰ってきた頃、その老婆が通りかかる。千里が慌てて追いかける。

「あの、すいません」

「……」

老婆が振り返り、疑い深そうな目で千里を見る。

「登紀子さんのお知り合いですよね？」

「は？」

「キャサリンと言えばわかりますか？」

「ああ……」

老婆の顔に笑顔が広がる。

エピローグ

一二月二〇日（日曜日）

「ふうん、モーパッサンか……」

千里が差し出した文庫本を手に取り、冬彦がぱらぱらとページをめくる。

「読んだことある？」

「ない」

冬彦が首を振る。

「小説というものに大して興味がないからね。授業で習っただけ。世界史だったかな。一九世紀フランスの自然主義の小説家で代表作は『女の一生』や『脂肪の塊』……そんなところかな」

「栞が挟んであるでしょう？　そこを開いて」

「ん？　『メヌエット』……」

「読んでみてよ。短いからすぐに読めるわ」

「なぜ、この小説を？」

「いいじゃない。あれこれ質問しないで、たまには、わたしの言う通りにして」

「いいけどさ」

冬彦が「メヌエット」を読み始める。

その間、千里はアイスティーを飲みながら、コーヒーショップの窓から渋谷の雑踏をぼんやり見下ろす。店内には静かなバラードが流れている。

一五分ほど経ち、冬彦が本を閉じて千里の前に置く。

「いい話だね」

「先々週の日曜日、梅里中央公園で漆原登紀子さんという人に会ったの……」

登紀子と知り合った経緯を冬彦に説明する。

「ふうん、その人にとっては、この『メヌエット』という小説がタイムマシンなのか……。面白い発想だね」

「わたしを慰めてくれて、最後にはベンチから立ち上がって踊りを見せてくれたのよ。すごく素敵だった。もう引退したとはいえ、プロのバレリーナはさすがだな、と感激した。でも……」

「でも？」

「嘘だったの」

「プロのバレリーナじゃなかったということ？」

「プロのダンサーだったのは本当だし、クラシックバレエを習っていたのも本当らしいの。だけど、バレリーナじゃなかった。登紀子さんが踊っていたのはミュージックホールだったのよ。そこのダンサーは、ほとんど下着を着けないで踊るんだって」

「ストリッパー？」

「よくわからないんだけど、たぶん、そんな感じだと思う」

千里はうなずき、昨日、リンダから聞いたことを冬彦に話す。リンダの本名は佐々木加世子《ささきかよこ》といい、浅草《あさくさ》のミュージックホールで五年ほど登紀子と一緒に働いたのだという。三〇年以上も前の話だ。

「何もかも嘘だった。バレリーナだったことも、豪邸でご家族と幸せに暮らしていることも……。古いアパートでひっそり暮らしているのが本当だった。かなり生活が苦しそうな感じだった」

「怒ってるの？」

「そうじゃないけど、どうして嘘をついたのかと思って……。嘘なんかつかなくてよかったのに」

「嘘をついたのではなく、登紀子さんは夢を語ってたんじゃないのかな。もしかすると、嘘でも夢でもなく、登紀子さんの頭の中では真実の記憶なのかもしれないな」

「そう信じてるってこと？」

「いつの間にか空想の記憶が現実の記憶を遠くに押し遣ってしまい、空想の記憶が真実の記憶になってしまったんじゃないかな。登紀子さん本人に会ってみないとわからないんだけど……。でも、誰に迷惑をかけているわけでもないし、そっとしておくのがいいんじゃないのかな。もう登紀子さんには会わないの？」

「わからない。また会いたくなるかもしれないけど、今は頭が混乱してるし……」

千里が首を振る。

「登紀子さんのことでそんなに混乱しなくてもいいじゃないか」

「そうじゃない。自分のこと。奈津子さんから連絡があったの。一緒に暮らさないかって」

「おまえが奈津子さんたちと？」

「そうなの」

奈津子は賢太と奈緒を連れて実家に戻っている。賢治と離婚する覚悟を決めたのだ。父親と会えなくなることを賢太と奈緒に告げても、二人はそれほど動揺しなかったが、千里にも会えなくなるのだと話すと激しく泣き出し、

「お姉ちゃんに会いたい」

と毎日泣いているという。

奈津子と血の繋がりはないが、千里にとって賢太と奈緒は父親を同じくする血の繋がった弟妹である。賢太と奈緒は父親よりも異母姉をずっと慕《した》っているのだ。そんな二人の様

子を見て奈津子も心を動かされ、実家の近くにマンションを借りるつもりだから、そこで四人で暮らさないか、と千里に提案してきたのである。

「そうしようかな、と思うんだよね」

「本当にそれでいいのか？　ぼくのために我慢するつもりなら……」

「そうじゃないの」

千里が首を振る。

「奈津子さん、いい人だし、賢太と奈緒もかわいいよ。お父さんは何を考えてるかわからないし、昔から冷たい人だったしね。新しい愛人のことも何も知らないし、そんな人たちと暮らすくらいなら奈津子さんたちと暮らす方がずっといいよ」

「それならいいけど……」

「自分としては、お兄ちゃんと暮らせれば、それが一番気楽でいいかなあと思ったんだけど、実家に行ってみて、お兄ちゃんも大変だってことがよくわかった。わたしのせいで、お兄ちゃんを困らせたくないしね」

「千里……」

「頭はいいけど、複雑な人間関係の揉め事を解決するのは苦手だもんね。面倒な相談をしてごめんなさい。お母さんの世話をするだけで精一杯だよね。わたしのことは心配しなくても大丈夫だよ」

「情けない兄貴ですまん」

珍しく冬彦がしょんぼりする。

「何よ、その情けない顔。似合わないわよ。しっかりしろ、警部殿」

千里がにこっと笑う。

（この作品『生活安全課0係　スローダンサー』は書下ろしです。また本書はフィクションであり、登場する人物、および団体名は、実在するものといっさい関係ありません）

生活安全課0係　スローダンサー

一〇〇字書評

切・り・取・り・線

購買動機（新聞、雑誌名を記入するか、あるいは○をつけてください）

- □（　　　　　　　　　　　　）の広告を見て
- □（　　　　　　　　　　　　）の書評を見て
- □ 知人のすすめで
- □ タイトルに惹かれて
- □ カバーが良かったから
- □ 内容が面白そうだから
- □ 好きな作家だから
- □ 好きな分野の本だから

・最近、最も感銘を受けた作品名をお書き下さい

・あなたのお好きな作家名をお書き下さい

・その他、ご要望がありましたらお書き下さい

住所	〒				
氏名		職業		年齢	
Eメール	※携帯には配信できません		新刊情報等のメール配信を 希望する・しない		

この本の感想を、編集部までお寄せいただけたらありがたく存じます。今後の企画の参考にさせていただきます。Eメールでも結構です。

いただいた「一〇〇字書評」は、新聞・雑誌等に紹介させていただくことがあります。その場合はお礼として特製図書カードを差し上げます。

前ページの原稿用紙に書評をお書きの上、切り取り、左記までお送り下さい。宛先の住所は不要です。

なお、ご記入いただいたお名前、ご住所等は、書評紹介の事前了解、謝礼のお届けのためだけに利用し、そのほかの目的のために利用することはありません。

〒一〇一-八七〇一
祥伝社文庫編集長　坂口芳和
電話　〇三（三二六五）二〇八〇

祥伝社ホームページの「ブックレビュー」からも、書き込めます。

http://www.shodensha.co.jp/bookreview/

祥伝社文庫

生活安全《せいかつあんぜん》課《か》0係《ぜロがかり》　スローダンサー

平成28年4月20日　初版第1刷発行

著　者　富《と》樫《がし》倫《りん》太《た》郎《ろう》
発行者　辻　浩明
発行所　祥伝社《しょうでんしゃ》
東京都千代田区神田神保町3-3
〒101-8701
電話　03（3265）2081（販売部）
電話　03（3265）2080（編集部）
電話　03（3265）3622（業務部）
http://www.shodensha.co.jp/
印刷所　堀内印刷
製本所　積信堂
カバーフォーマットデザイン　芥　陽子

Printed in Japan ©2016, Rintaro Togashi　ISBN978-4-396-34197-8 C0193

祥伝社文庫の好評既刊

南　英男
偽証（ガセネタ）　警視庁特命遊撃班
元刑事・日暮《ひぐれ》が射殺された。真相に風見たちが挑む！　刑事を辞めざるを得なかった日暮の無念さを知った風見は……。

南　英男
裏支配　警視庁特命遊撃班
連続する現金輸送車襲撃事件。大胆で残忍な犯行に、外国人の影が!?　背後の黒幕に、遊撃班が食らいつく。

南　英男
犯行現場　警視庁特命遊撃班
テレビの人気コメンテーター殺害と、改革派の元キャリア官僚失踪との接点は？　はみ出し刑事の執念の捜査行！

南　英男
悪女の貌《かお》　警視庁特命遊撃班
容疑者の捜査で、闇経済の組織を洗いはじめた風見たち特命遊撃班の面々。だが、その矢先に……!!

南　英男
危険な絆　警視庁特命遊撃班
劇団復興を夢見た映画スターが殺される。その理想の裏にあったものとは……。遊撃班・風見たちが暴き出す！

南　英男
毒蜜　新装版
タフで優しい裏社会の始末屋・多門剛。ある日舞い込んだ暴力団の依頼の裏には、巨大な罠が張られていた。

祥伝社文庫　今月の新刊

富樫倫太郎
生活安全課0《ゼロ》係 **スローダンサー**
美男子だった彼女の焼身自殺の真相は？　シリーズ第四弾。

歌野晶午
安達《あだち》ヶ原《はら》の鬼密室
孤立した屋敷、中空の死体、推理嫌いの探偵…著者真骨頂。

はらだみずき
たとえば、すぐりとおれの恋
もどかしく、せつない。文庫一冊の恋をする。

泉　ハナ
外資系オタク秘書 **ハセガワノブコの仁義なき戦い**
人生の岐路に立ち向かえ！　オタクの道に戻り道はない。

辻堂　魁
うつけ者の値打ち　風の市兵衛
用心棒に成り下がった武士が、妻子を守るため決意した秘策。

辻堂　魁
はぐれ烏《がらす》　日暮し同心始末帖
旗本生まれの町方同心。小野派一刀流の遣い手が悪を斬る。

小杉健治
砂の守り　風烈廻り与力・青柳剣一郎
殺しの直後に師範代の姿を。見間違いだと信じたいが…。

睦月影郎
生娘だらけ
初心だからこそ淫らな好奇心。迫られた、ただ一人の男は。

宇江佐真理
高砂　なくて七癖あって四十八癖
こんな夫婦になれたらいいな。心に染み入る人情時代小説。

佐伯泰英
完本 **密命**　巻之十二　乱雲　傀儡《くぐつ》剣合わせ鏡
清之助の腹に銃弾が！　江戸で待つ家族は無事を祈る…。

今井絵美子　岡本さとる　藤原緋沙子
競作時代アンソロジー
哀歌《あいか》の雨
哀しみも、明日の糧になる。切なくも希望に満ちた作品集。

風野真知雄　坂岡　真　辻堂　魁
競作時代アンソロジー
楽土《らくど》の虹
幸せを願う人々の心模様を、色鮮やかに掬い取った三篇。